《中国史话》编辑委员会

总　序

中国是一个有着悠久文化历史的古老国度，从传说中的三皇五帝到中华人民共和国的建立，生活在这片土地上的人们从来都没有停止过探寻、创造的脚步。长沙马王堆出土的轻若烟雾、薄如蝉翼的素纱衣向世人昭示着古人在丝绸纺织、制作方面所达到的高度；敦煌莫高窟近五百个洞窟中的两千多尊彩塑雕像和大量的彩绘壁画又向世人显示了古人在雕塑和绘画方面所取得的成绩；还有青铜器、唐三彩、园林建筑、宫殿建筑，以及书法、诗歌、茶道、中医等物质与非物质文化遗产，它们无不向世人展示了中华五千年文化的灿烂与辉煌，展示了中国这一古老国度的魅力与绚烂。这是一份宝贵的遗产，值得我们每一位炎黄子孙珍视。

历史不会永远眷顾任何一个民族或一个国家，当世界进入近代之时，曾经一千多年雄踞世界发展高峰的古老中国，从巅峰跌落。1840 年鸦片战争的炮声打破了清帝国“天朝上国”的迷梦，从此中国沦为被列强宰割的羔羊。一个个不平等条约的签订，不仅使中国大量的白银外流，更使中国的领土一步步被列强侵占，国库亏空，民不聊生。东方古国曾经拥有的辉煌，也随着西方列强坚船利炮的轰击而烟消云散，中国一步步堕入了半殖民地的深渊。不甘屈服的中国人民也由此开始了救国救民、富国图强的抗争之路。从洋务运动到维新变法，从太平天国到辛亥革命，从五四运动到中国共产党领导的新民主主义革命，中国人民屡败屡战，终于认识到了“只有社会主义才能救中国，只有社会主义才能发展中国”这一道理。中国共产党领导中国人民推倒三座大山，建立了新中国，从此饱受屈辱与蹂躏的中国人民站起来了。古老的中国焕发出新的生机与活力，摆脱了任人宰割与欺侮的历史，屹立于世界民族之林。每一位中华儿女应当了解中华民族数千年的文明史，也应当牢记鸦片战争以来一百多年民族屈辱的历史。

当我们步入全球化大潮的21世纪，信息技术革命迅猛发展，地区之间的交流壁垒被互联网之类的新兴交流工具所打破，世界的多元性展示在世人面前。世界上任何一个区域都不可避免地存在着两种以上文化的交汇与碰撞，但不可否认的是，近些年来，随着市场经济的大潮，西方文化扑面而来，有些人唯西方为时尚，把民族的传统丢在一边。大批年轻人甚至比西方人还热衷于圣诞节、情人节与洋快餐，对我国各民族的重大节日以及中国历史的基本知识却茫然无知，这是中华民族实现复兴大业中的重大忧患。

中国之所以为中国，中华民族之所以历数千年而不分离，根基就在于五千年来一脉相传的中华文明。如果丢弃了千百年来一脉相承的文化，任凭外来文化随意浸染，很难设想13亿中国人到哪里去寻找民族向心力和凝聚力。在推进社会主义现代化、实现民族复兴的伟大事业中，大力弘扬优秀的中华民族文化和民族精神，弘扬中华文化的爱国主义传统和民族自尊意识，在建设中国特色社会主义的进程中，构建具有中国特色的文化价值体系，光大中华民族的优秀传统文化是一件任重而道远的事业。

当前，我国进入了经济体制深刻变革、社会结构深刻变动、利益格局深刻调整、思想观念深刻变化的新的历史时期。面对新的历史任务和来自各方的新挑战，全党和全国人民都需要学习和把握社会主义核心价值体系，进一步形成全社会共同的理想信念和道德规范，打牢全党全国各族人民团结奋斗的思想道德基础，形成全民族奋发向上的精神力量，这是我们建设社会主义和谐社会的思想保证。中国社会科学院作为国家社会科学研究的机构，有责任为此作出贡献。我们在编写出版《中华文明史话》与《百年中国史话》的基础上，组织院内外各研究领域的专家，融合近年来的最新研究，编辑出版大型历史知识系列丛书——《中国史话》，其目的就在于为广大人民群众尤其是青少年提供一套较为完整、准确地介绍中国历史和传统文化的普及类系列丛书，从而使生活在信息时代的人们尤其是青少年能够了解自己祖先的历史，在东西南北文化的交流中由知己到知彼，善于取人之长补己之短，在中国与世界各国愈来愈深的文化交融中，保持自己的本色与特色，将中华民族自强不息、厚德载物的精神永远发扬下去。

《中国史话》系列丛书首批计200种，每种10万字左右，主要从政治、经济、文化、军事、哲学、艺术、科技、饮食、服饰、交通、建筑等各个方面介绍了从古至今数千年来中华文明发展和变迁的历史。这些历史不仅展现了中华五千年文化的辉煌，展现了先民的智慧与创造精神，而且展现了中国人民的不屈与抗争精神。我们衷心地希望这套普及历史知识的丛书对广大人民群众进一步了解中华民族的优秀文化传统，增强民族自尊心和自豪感发挥应有的作用，鼓舞广大人民群众特别是新一代的劳动者和建设者在建设中国特色社会主义的道路上不断阔步前进，为我们祖国美好的未来贡献更大的力量。

陈奎元

2011年4月

出版说明

自古至今，始终坚持不懈地从漫长的文明进程中不断总结历史经验教训，从中汲取有益营养，从而培植广阔的历史视野，并具有浓厚的历史意识，这是我们中国文化独有的鲜明特征，中华民族亦因此而以悠久的“重史”传统著称于世。在整个人类文明史上独一无二、系统完备的“二十四史”即证明了这一点。

中华人民共和国成立后，历史知识普及工作被放到十分重要的位置。20 世纪五六十年代，著名历史学家吴晗主持编写的《中国历史小丛书》，90 年代中国社会科学院院长胡绳组织编写的《中华文明史话》和《百年中国史话》，成为“大家小书”的典范，而后两套历史知识普及丛书正是《中国史话》之缘起。

2010 年年初，为切实贯彻中央关于“做好历史知识普及工作”的指示精神，同时也为了更好地弘扬中国传统文化，我们对《中华文明史话》和《百年中国史话》

两套丛书的内容进行了修订和增补，重新设计框架，以“中国史话”为丛书名出版。第十一届全国政协副主席、时任中国社会科学院院长陈奎元亲任《中国史话》一期编委会主任，时任中国社会科学院副院长武寅任编委会副主任。正是有了各级领导的关心支持和诸多学术名家的积极参与，《中国史话》一期200种图书得以顺利出版，并广受好评。

《中国史话》丛书的诞生，为历史知识普及传播途径的发展成熟，提供了一种卓具新意的形式。这种形式具有以通俗表述、适中篇幅和专题形式展现可靠历史知识的特征。通俗、可靠、适中、专题，是史话作品缺一不可的要素，也是区别于其他所有研究专著、稗官野史、小说演义类历史读物的独有特征。

囿于当时条件，《中国史话》一期的出版形式不尽如人意，其内容更有可以拓展的广阔空间，为此2013年4月我们启动了《中国史话》二期出版工作。《中国史话》二期分为经济、政治、文化、社会和生态五大系列，拟对中国各区域、各行业、各民族等的发展历史予以全方位介绍。我们并将在适当时机，启动《世界史话》的出版工作。史话总规模将达数千种。

我们愿携手海内外专家学者，将《中国史话》《世界史话》打造成以现代意识展现全部人类历史和人类文明，集学术性、知识性、趣味性于一体的“万有文库”；并将承载如此丰厚内容的史话体写作与出版努力锻造成新时期独具特色的出版形态。

希望史话丛书能在形塑民族历史记忆、汲取人类文明精华、培育现代国民方面有所贡献，并为广大读者所喜爱。

史话编辑部

2014 年 6 月

目录
Contents

一　乐府诗小史

乐府原为礼乐官署，秦有编钟，上铸“乐府”，证明秦时已有此机构。汉承秦制，仍设乐府。到汉武帝时扩大了乐府规模，赋予了乐府更多的职能，这就是《汉书·礼乐志》所说“至孝武帝……乃立乐府”。此后历代朝廷礼乐机构名称虽屡有变更，但人们仍习惯以乐府称之。

在汉代，乐府或指朝廷礼乐机构，或指掌管乐府的官员，但尚未用来指称乐府机构采集、表演和创作的歌辞。大约到了东晋，始用乐府指称乐府歌辞。乐府由官署之名演变成诗体之名，源于人们对“乐府诗”或“乐府歌”的省称。乐府成为诗之一体以后，作为朝廷礼乐机构表演歌辞的含义依然被保留了下来。宋代以前凡称乐府者，一定与朝廷礼乐机构有关：或是朝廷礼乐机构曾经表演的歌辞，或是朝廷礼乐机构正在表演的歌辞，或是希望成为朝廷礼乐机构表演的歌辞。以唐人所说乐府为例，《蜀道难》等拟乐府是前代宫廷礼乐机构表演而唐时已经不再表演的歌辞，《伊州歌》等近代曲辞是朝廷礼乐机构正在表演的歌辞，而元、白新乐府则是希望成为朝廷礼乐机构表演的歌辞。这一特性到宋代才发生变化。宋人开始用乐府指称长短句，元人又用乐府指称散曲。本书所论不包含词曲。

作为宫廷礼乐作品，人们对乐府诗做了很多分类。东汉明帝曾将音乐分为四品，此后梁沈约《宋书·乐志》、陈释智匠《古今乐录》、唐吴兢《乐府古题要解》均各有划分。到北宋末年郭茂倩编《乐府诗集》，将乐府诗分为十二类：郊庙歌辞、燕射歌辞、鼓吹曲辞、横吹曲辞、相和歌辞、清商曲辞、舞曲歌辞、琴曲歌辞、杂曲歌辞、杂歌谣辞、近代曲辞、新乐府辞。这一分类既考虑到乐府诗的来源、用途，又照顾到这些乐府诗在留传过程中的已有分类，有很大合理性。尽管此后不断有人提出异议，甚至重新分类，但郭茂倩的分类影响最大、认同度最高。

作为音乐作品，每一首乐府诗大致都包含题名、本事、曲调、体式、风格五个要素。题名是一首乐府诗的名称，大多数乐府诗的题名都缀以行、吟、题、怨、叹、章、篇、操、引、弄、谣、讴、歌、曲、词、调等特定标志。很多乐府诗产生、流传时往往伴随着一个故事，这个故事被称为本事，本事或记题名由来，或记该曲曲调，或记该曲传播，或记该曲演变。曲调是一首乐府诗作为音乐作品的根本特征，每种曲调都有其特定的风格，它与歌辞内容、诗歌形式均有关联。体式是一首乐府诗的音乐特点在文本上的显现，乐府诗在体式上有相对稳定性，句式、用韵、体裁等都属体式之列。风格是音乐和文学密切融汇后表现出来的特点。当某一作品在失去其本事、曲调等要素后，风格便成为该作品作为乐府诗存在的最后理由。很多拟乐府诗创作，只是对以前作品风格的模仿。这五个要素，是乐府诗区别于其他诗体的根本特性。分析这些要素，我们既可以深化对具体乐府诗作品的认识，也可以深化对乐府诗诗体的认识。

乐府诗在中国诗歌史上具有重要地位。由汉至唐五代的每一个诗歌发展阶段，乐府诗几乎都具有标志性意义，离开这些作品我们根本无法描述这一时期的诗歌史。汉乐府自不必说，离开《蒿里行》《短歌行》《燕歌行》《白马篇》《从军行》《饮马长城窟》，就无法描述三曹和七子诗歌；离开《拟行路难》，就无法描述鲍照诗歌；离开《临高台》《从军行》《行路难》《独不见》《春江花月夜》《代悲白头翁》，就无法描述初唐诗歌。盛唐边塞诗人和大诗人李白的代表作几乎都是乐府诗，而杜甫、元稹、白居易等人的新乐府创作更是诗歌史上一大创举。宋代以后，尽管乐府诗在诗歌史上的标志性作用依次被词、散曲所取代，但仍有一些具有代表性的乐府诗留存了下来。中国古代诗歌各种体式也几乎都是从乐府诗中孕育而来的。明人胡应麟曾说：“世以为乐府为诗之一体，余历考汉、魏、六朝、唐人诗，有三言、四言、五言、六言、七言、杂言、近体、排律、绝句，乐府皆备有之。”（《诗薮·内编》卷一）从作为音乐文化组成部分的角度重新认识这些乐府诗，对于清晰描述中国诗歌史有着重要意义。

乐府诗史异常丰富，与整个中国诗歌史相伴始终。按照乐府诗在中国诗歌史上的地位，我们可以将整个乐府诗史划分为六个前详后略的时段：两汉、魏晋、南朝、北朝、唐代、唐后（包括宋、金、元、明、清）。

1 与三百篇争胜的两汉乐府诗

秦代国祚不长，又遭秦末战火毁坏，乐府诗留存极少，我们难以描述出秦代乐府诗史的清晰轮廓，所以真正意义上的乐府诗史始自汉代。

两汉是乐府诗创始时期。据《汉书·艺文志》记载，这一时期乐府诗有“二十八家，三百一十四篇”。从作者看，两汉乐府诗或出自帝王、后妃之手，或出自大臣、文士之手，也有很多作品没有主名。从内容看，两汉乐府诗多以婚姻爱情、战争徭役、祭祀鬼神、和睦亲族、讽刺世俗、劝诫世人等为主要内容，很多作品具有很强的现实性。从形式看，两汉乐府诗多用三言、四言、五言或杂言，除《焦仲卿妻》《陌上桑》等少数长篇外，一般篇幅都比较短小。从曲调来源看，两汉乐府诗曲调既有前朝遗留和街陌谣讴，也有外域输入和全新制作。两汉乐府诗在乐府诗史上具有源头和经典双重价值。明人许学夷说：“乐府之诗，当以汉人为首。”（《诗源辩体》卷三）清人牟愿相也说：“汉乐府自为古奥冥幻之音，不受雅、颂束缚，遂能与三百篇争胜。魏、晋以下，步步摹仿汉人，不复能出脱矣。”（《牟愿相先生遗著》“杂论诗”条）

两汉乐府诗种类齐全，在郭茂倩《乐府诗集》中，除专录隋唐作品的近代曲辞和专收唐人作品的新乐府辞外，其他十类曲辞都收录有汉乐府诗，且多为名篇。

郊庙歌辞用于祭祀天地神灵和祖先，以《安世房中歌》十七首和《郊祀歌》十九章为代表。《汉书·礼乐志》云："《房中祠乐》，高祖唐山夫人所作也。……孝惠二年，使乐府令夏侯宽备其箫管，更名曰《安世乐》。"又云："至武帝定郊祀之礼……乃立乐府，采诗夜诵，有赵、代、秦、楚之讴。以李延年为协律都尉，多举司马相如等数十人造为诗赋，略论律吕，以合八音之调，作十九章之歌。"可见这两组诗均由朝廷组织制作，作者为著名艺人和诗人，具有很高的艺术水平。汉代以后历代王朝不断更替，但只要条件允许，都会制作郊庙歌辞，尤其是宗庙歌辞。

鼓吹曲有鼓吹、骑吹、黄门鼓吹、短箫铙歌、横吹曲等名称，初为军乐，汉以后又转为雅乐，用于朝会、田猎、道路、游行等场合，奏以短箫、铙鼓等乐器。《汉铙歌》十八曲是其中的代表，其具体篇目为：一曰《朱鹭》，二曰《思悲翁》，三曰《艾如张》，四曰《上之回》，五曰《拥离》，六曰《战城南》，七曰《巫山高》，八曰《上陵》，九曰《将进酒》，十曰《君马黄》，十一曰《芳树》，十二曰《有所思》，十三曰《雉子斑》，十四曰《圣人出》，十五曰《上邪》，十六曰《临高台》，十七曰《远如期》，十八曰《石留》。这组曲辞后人多有仿作，李白《将进酒》就是其中之一。

横吹曲最初也称鼓吹，后定有鼓有角者为横吹，用为军旅马上之乐，至东汉专用于赏赐有功的边将。据《晋书·乐志》记载，它是李延年根据张骞出使西域带回的《摩诃兜勒》一曲而“更造新声二十八解，乘舆以为武乐”的。二十八解没有完整保留下来，唐吴兢《乐府解题》云：“汉横吹曲二十八解……魏、晋已来，唯传十曲：一曰《黄鹄》，二曰《陇头》，三曰《出关》，四曰《入关》，五曰《出塞》，六曰《入塞》，七曰《折杨柳》，八曰《黄覃子》，九曰《赤之扬》，十曰《望行人》。后又有《关山月》《洛阳道》《长安道》《梅花落》《紫骝马》《骢马》《雨雪》《刘生》八曲，合十八曲。”横吹曲来自边地，且为军乐，因此其辞多歌咏边塞题材，后人也多借拟作汉横吹曲以歌咏边塞之事。

相和歌本为汉世街陌讴谣，初为徒歌，后渐被于管弦。《晋书·乐志》云：“凡乐章古辞，今之存者，并汉世街陌谣讴，《江南可采莲》《乌生十五子》《白头吟》之属也。”说明这些歌曲多是从民间采集而来，经过乐府加工而成。《宋书·乐志》记载相和歌的表演特点称：“相和，汉旧歌也，丝竹更相和，执节者歌。”相和歌属于新声俗乐，娱乐功能大于仪式功能，《东光》《鸡鸣》《平陵东》《陌上桑》《艳歌行》《怨诗行》《西门行》《长歌行》《公无渡河》《雁门太守行》《妇病行》《孤儿行》等，都是汉相和歌曲调。相和歌辞内容丰富，或揭示家庭问题，劝诫世人；或揭示社会问题，讽刺丑恶；或歌颂英雄人物，赞美正义。

杂曲歌辞为未配乐或乐调难明的歌辞，题材广杂，“或心志之所存，或情思之所感，或宴游欢乐之所发，或忧愁愤怨之所兴，或叙离别悲伤之怀，或言征战行役之苦，或缘于佛老，或出自夷虏，兼收备载”（郭茂倩《乐府诗集》卷六十一）。

《长安有狭斜行》《董娇饶》是杂曲歌辞名篇。

杂歌谣辞是徒歌谣谚，或出自帝王，或出自后妃，或出自官吏，或出自百姓，脱口而出，背后往往有动人的本事。如《戚夫人歌》是戚夫人被吕后囚于永巷舂米时不堪其苦唱出的求救之歌，《李延年歌》是李延年向汉武帝推荐自己妹妹时所唱之歌，《李夫人歌》是李夫人去世后汉武帝相思难耐所作之歌。杂歌谣辞中有些歌谣还被演绎成琴曲，如刘邦《大风歌》、项羽《垓下歌》等。

汉初乐府与楚声密切相关，本书在第二章“乐府诗名篇（上）”中选择刘邦《大风歌》作为开篇，就意在强调汉初乐府对楚声的继承。刘邦喜欢音乐，能唱楚歌。他注重礼乐建设，曾命人制作《巴渝舞》，还让唐山夫人作《房中祠乐》。《房中祠乐》也是楚声。在他影响下，汉乐府从一开始就带有浓郁的楚风。

汉武帝是个想象力丰富、乐于创新的皇帝。他赋予乐府以新的职能，大肆制礼作乐，汉代乐府活动繁盛，与他有直接关系。汉宣帝即位之初曾这样赞美汉武帝的文治之功：“协音律，造乐歌，荐上帝，封太山，立明堂，改正朔，易服色；明开圣绪，尊贤显功，兴灭继绝，褒周之后；备天地之礼，广道术之路。”（《汉书·眭两夏侯京翼李传》）而帮助汉武帝“协音律，造乐歌”的就是大音乐家李延年。李延年和汉武帝之间的良好互动，开创了汉乐府活动的繁盛局面。从本书第二章“乐府诗名篇（上）”所选《李延年歌》与汉武帝《李夫人歌》中，就可以看出他们之间的互动关系。

汉乐府多数无主名，但也有一些是有主名作品。班婕妤《怨歌行》就是其中的名篇。诗人借秋扇见捐写出了自己由得宠至失宠的悲苦，引发了后世许多诗人的怀才不遇之叹，堪称汉代文人乐府诗的代表作。

《陌上桑》和《焦仲卿妻》是汉乐府双璧，一属相和歌，一属杂曲歌。有些相和歌和杂曲歌表演时不是单曲歌唱，而是像戏剧一样，有场景，有对白，有对唱，有动作。但大多数歌辞没有完整记录下来，留存下来的往往只是关键几句。而这两首长篇乐府诗，记录却相对完整，从中可以窥见汉乐府的实际表演状态。

后世很多人把拟作汉乐府作为学习诗歌创作的必修课。如明人胡应麟就说："乐府三言，须模仿《郊祀》，裁其峻峭，剂以和平；四言，当拟则《房中》，加以春容，畅其体制；五言，熟习《相和》诸篇，愈近愈工，无流艰涩；七言，间效《铙歌》诸作，愈高愈雅，毋坠卑陬……此乐府大法也。"（《诗薮·内编》卷一）认为乐府诗创作各种体裁都需以汉乐府为学习范本。

2 承前启后的魏晋乐府诗

魏晋（西晋）是中国诗歌史上少有的黄金时代，也是乐府诗发展承前启后的重要阶段。魏晋乐府诗人在继承汉乐府、创制新的乐府曲目上，都作出了重要贡献。

汉末社会动荡，乐府体制遭到严重破坏。曹操早于建安十三年（208）就开始注意网罗乐人，汉雅乐郎杜夔、汉灵帝西园鼓吹李坚、歌师邓静、舞师尹胡等都被他收入麾下。他令杜夔参太乐事，总领雅乐创制，权备典章。进封魏公后，他又建立了魏国专属的音乐机关，负责乐器制作、定调、乐曲制辞、配乐及乐舞表演。这些都是在继承汉乐府基础上重建乐府体制的重要举措。曹魏还专门设立清商署，用来表演清商俗乐，曹操喜欢的《但歌》和相和歌都是清商署的表演曲目。《宋书·乐志》云："《但歌》四曲，出自汉世。无弦节，作伎，最先一人倡，三人和。魏武帝尤好之。时有宋容华者，清彻好声，善唱此曲，当时特妙。自晋以来，不复传，遂绝。《相和》，汉旧歌也。丝竹更相和，执节者歌。本一部，魏明帝分为二，更递夜宿。本十七曲，朱生、宋识、列和等复合之为十三曲。"

曹魏时期还大胆改造乐曲。《晋书·乐志》载："汉时有《短箫铙歌》之乐，其曲有《朱鹭》《思悲翁》……及魏受命，改其十二曲，使缪袭为词，述以功德代汉。改《朱鹭》为《楚之平》，言魏也；改《思悲翁》为《战荥阳》，言曹公也……改《上邪》为《太和》，言明帝继体承统，太和改元，德泽流布也。"这种以鼓吹曲纪述新朝功德的做法甚至形成了传统，其他各朝纷纷效仿。如《晋书·乐志》载："是时吴亦使韦昭制十二曲名，以述功德受命。""及武帝受禅，乃令傅玄制为二十二篇，亦述以功德代魏。"

晋代魏立，魏之乐府体制得以完整保留，并有新的创建。这一时期私家养伎作乐之风兴盛，很多大臣之家都有乐舞艺人，进行乐舞创作和表演。潘岳在《闲居赋》中描述自家寿宴上乐舞表演情形说："于是席长筵，列子孙，柳垂荫，车结轨，陆摘紫房，水挂赪鲤，或宴于林，或禊于汜。昆弟斑白，儿童稚齿，称万寿以献觞，咸一惧而一喜。寿觞举，慈颜和，浮杯乐饮，丝竹骈罗，顿足起舞，抗音高歌，人生安乐，孰知其他。"从中可见当时风气之一斑。有些大臣家的乐舞班子制曲作乐水平很高，创制的曲目甚至被选入晋乐演奏，石崇作歌、其家妓绿珠配舞的《王明君》便是显例。

魏晋乐府诗创作的最大变化是进入了有主名时代。在此之前，大部分乐府诗没有留下作者姓名，汉代乐府诗作者姓名可考的仅杨恽、马援、张衡、傅毅、蔡邕、辛延年、宋子侯几人，所以汉乐府一般被认为是无主名歌诗。自曹操开始，文人大量参与乐府诗创作，乐府诗正式进入有主名时代。这种变化表面上看只是作品有无标记作者，其深层次涵义是魏晋人转化了乐府的功能。乐府诗作为宫廷礼乐作品组成部分，作用主要有二：一是仪式作用，或用于郊庙，或用于朝堂，或用于道路；二是娱乐作用，供皇帝、后宫、大臣欣赏，其创作本意并非用来抒情。建安以后，以三曹、七子为代表的文人乐府诗创作，开始以乐府写时事，以乐府抒发情感，但这些乐府诗也用于仪式。他们的乐府诗创作，实现了仪式性与抒情性的结合。如《乐府诗集》"相和歌"引《古今乐录》曰："张永《元嘉技录》：'相和有十五曲，一曰《气出唱》，二曰《精列》，三曰《江南》，四曰《度关山》，五曰《东光》，六曰《十五》，七曰《薤露》，八曰《蒿里》，九曰《觐歌》，十曰《对酒》，十一曰《鸡鸣》，十二曰《乌生》，十三曰《平陵东》，十四曰《东门》，十五曰《陌上桑》。十三曲有辞，《气出唱》《精列》《度关山》《薤露》《蒿里》《对酒》并魏武帝辞，《十五》文帝辞，《江南》《东光》《鸡鸣》《乌生》《平陵东》《陌上桑》并古辞是也。二曲无辞，《觐歌》《东门》是也。'”其中曹操《短歌行》《步出夏门行》《气出唱》《精列》《度关山》等既是抒情诗，也用于仪式。诗歌史上有一个命题，即建安诗歌实现了汉乐府向文人抒情五言诗的转化，应该说，这种转化首先是在乐府诗创作中完成的，而曹操则是推动这一转化的关键人物。

曹植是一位继往开来的大诗人，在这一转化中也发挥了重要作用。他写下了大量乐府诗，如《箜篌引》《野田黄雀行》《名都篇》《白马篇》《妾薄命》《怨歌行》等，其中《白马篇》写出了游侠飞扬的神采，体现了曹植诗“如三河少年，风流自赏”“骨气奇高，辞采华茂”的特点，是文人五言诗的典型。该诗以“篇”命题，又意在强调乐府诗的文学特点。仔细品读不难发现，曹植这些乐府诗与汉乐府诗已经有所不同，后代诗评家敏锐地看到了这一点，如明人许学夷说：“汉人乐府五言，体既轶荡，而语更真率。子建《七哀》《种葛》《浮萍》而外，体既整秩，而语皆构结，盖汉人本叙事之诗，子建则事由创撰，故有异耳。”（《诗源辩体》卷四）曹植才高八斗，乐府诗高度个性化又富于文采。他虽不是第一个将乐府诗当作“诗”来写的诗人，但他无疑是最重要的一位乐府诗人。西晋陆机大量创作乐府诗，就是受到了曹植的影响。

魏之三祖在乐府诗史上曾被刘勰并置评价，称他们“气爽才丽”（刘勰《文心雕龙·乐府》）。三祖之一的曹丕乐府诗创作主要集中在他执政时期，他的乐府诗中既没有其父曹操的慷慨激昂和以天下为己任的气概，也不见其弟曹植积极上进、志欲报国的激情，有的多是思妇幽怨悱恻的凄苦哀怨，典型作品就是《燕歌行》其一。《燕歌行》作为第一首完整的七言诗，无论是在中国诗歌史上，还是在乐府诗史上，都具有标志性地位。

三曹以外，曹魏时期的重要乐府诗人还有缪袭以及建安七子中的王粲、阮瑀、陈琳等人。缪袭和王粲都曾参与朝廷礼乐建设，曹魏鼓吹曲辞几乎都是缪袭所作。王粲也作了《登歌》《安世歌》《魏俞儿舞歌》等用于仪式的歌辞，但还作有《从军行》五首等其他歌辞。在建安七子中，阮瑀和陈琳虽以章表书记闻名，但也有乐府诗问世，阮瑀的《饮马长城窟行》、陈琳的《驾出北郭门行》都是乐府名篇。

晋代著名乐府诗人有傅玄、张华、陆机、石崇等。傅玄是这一时期创作乐府诗最多、歌辞类别最全的诗人，当时朝廷礼乐建设所需燕射歌辞、鼓吹曲辞、郊庙歌辞、舞曲歌辞，多出自傅玄之手。《晋书·乐志》曰：“及武帝受命之初，百度草创。太始二年，诏郊祀明堂礼乐权用魏仪，遵周室肇称殷礼之义，但改乐章而已，使傅玄为之词云。”在相和歌辞、杂曲歌辞和杂歌谣辞中，也有傅玄诗作，如相和歌辞中的《薤露》《艳歌行》《墙上难为趋》、杂曲歌辞中的《秦女休行》《秋兰篇》《西长安行》、杂歌谣辞中的《吴楚歌》，等等。张华为朝廷仪式创作的乐府诗数量仅次于傅玄，《四厢乐歌》《宴会歌》《命将出征歌》《劳还师歌》《中宫所歌》《宗亲会歌》等都是代表。此外，他的拟乐府《轻薄篇》也是佳作。在当时诗人中，陆机的拟乐府诗颇擅一时之名，《齐讴行》《悲哉行》《君子有所思行》《班婕妤》《门有车马客行》《泰山吟》《陇西行》《秋胡行》《长安有狭斜行》等都很受称道。西晋最值得一提的乐府诗，是石崇歌咏昭君故事的《王明君》。昭君故事在汉代就有流传，但成为诗歌歌咏对象却是从石崇这篇《王明君》开始的，此后唐代诗人李白、杜甫、白居易、李商隐、张仲素，宋代诗人王安石等，都有围绕这一题材的乐府诗问世。这是一个经典故事，对后世文学影响极其深远。

总体上看，魏晋乐府诗在内容上大要可分为两类：一类是仪式歌辞，《乐府诗集》收入郊庙歌辞、燕射歌辞、鼓吹曲辞、舞曲歌辞中，这类歌辞多因特定政治功用而作；另一类是娱乐歌辞，《乐府诗集》收入相和歌辞、琴曲歌辞、杂曲歌辞中，这类歌辞多是个人创作，其中很多诗作又兼具仪式和娱乐两种功能，叙事抒情能够紧密结合，借古题写时事时常常有诗人主观情感流露。在形式上，魏晋乐府诗主要是四言、五言和七言，曹丕的《燕歌行》是七言乐府诗出现的标志。在作者身份上，魏晋乐府诗中的仪式歌辞因属政治行为，对作者有着严格的限定，一般由专门人员创制，多为皇帝近密大臣。娱乐歌辞多为帝王或文士所作，又以文士所作为大宗。这一时期是汉代以后文人乐府诗创作的第一个高峰期。

3 新声代兴的南朝乐府诗

永嘉之乱，晋室南渡，南朝（此处所说南朝，指东晋、宋、齐、梁、陈五朝）宫廷雅乐丧失殆尽，以后各代虽均努力重建，但都未能再现昔日辉煌。东晋国祚虽然不短，但乐府残缺过甚，雅乐制作不多，尤其是郊庙歌辞因承继前朝故而无需新制。宋、齐、梁、陈因已改朝换代，宗庙乐歌必须改变，所以总有新制。朝堂用乐，前代所传清商旧曲所剩无几，也需重新创制。南朝乐府最有建树的要数萧梁。梁武帝、沈约等人既有文采，又善音乐，采纳新声，以成新曲。乐府收集中原旧曲、新声，一时臻于鼎盛。

但南朝乐府的最大亮点并不是这些仪式用乐，而是在南方本土歌谣基础上发展而来的流行乐歌——吴声和西曲。吴声、西曲一经兴起，就受到朝野的普遍欣赏，取代了中原旧曲的音乐地位。吴声歌产生于以建业为中心的长江下游地区，出现时间在东吴、东晋、刘宋三朝，有的甚至更早，即史家所谓“吴歌杂曲并出江南，东晋以来，稍有增广”（《宋书·乐志》）。吴声歌主要有《子夜歌》《上声歌》《欢闻歌》《欢闻变歌》《前溪歌》《阿子歌》《丁督护歌》《团扇郎》《长史变》《黄鹄曲》《碧玉歌》《桃叶歌》《懊侬歌》《读曲歌》等。其中标注“晋宋齐辞”的《子夜歌》就有42首、《子夜四时歌》就有75首。吴声歌还包括《神弦歌》18首。西曲歌产生于长江中游地区，涉及地域远比吴声歌广泛，所谓“出于荆、郢、樊、邓之间”（《古今乐录》），出现时间主要在宋、齐、梁三朝。西曲歌有《石城乐》《乌夜啼》《莫愁乐》《估客乐》《襄阳乐》《襄阳蹋铜》《采桑度》《江陵乐》《青骢白马》《共戏乐》《安东平》《女儿子》《夜度娘》《双行缠》《平西乐》《攀杨枝》《寻阳乐》《拔蒲》《寿阳乐》《杨叛儿》《西乌夜飞》《月节折杨柳歌》等。《乐府诗集》将这些歌曲归入了清商曲，将汉魏原有清商旧曲归入了相和歌。

吴声和西曲在当时广受欢迎，皇帝和大臣纷纷加入到歌辞创作队伍中。梁武帝《子夜四时歌》七首、《江南弄》七首、沈约《江南弄》四首、陈后主《春江花月夜》《玉树后庭花》，或拟作，或新创，都属于吴声歌。梁简文帝《乌夜啼》、梁元帝《乌栖曲》六首，都是对西曲歌的拟作。杂曲歌辞《西洲曲》旧题江淹作，也应该是西曲歌。

南朝有许多著名的乐府诗人，其中最突出的是鲍照。鲍照所作《拟行路难》十八首以乐府组诗形式，表现丰富而深刻的人生思考。其《代结客少年场行》《代堂上歌行》《代陈思王白马篇》《代出自蓟北门行》《代陆平原君子有所思行》《代白头吟》《代门有车马客行》《代蒿里行》《代东门行》《吴歌》《幽兰》《代白纻舞歌词》等，既有汉魏旧题又有时下新声，既有仪式用乐又有抒情纪事，涉及相和、琴曲、清商、舞曲、杂曲等多个类属，对后世乐府诗创作影响深远。

沈约也是南朝乐府诗名家。他在乐府诗创作中发明了永明新体诗，即通过声、韵、调的合理组合，使之成为便于入乐的诗歌，所谓“以文章之音韵，同弦管之声曲”（沈约《答陆厥书》)。这种作诗之法，正是根据歌者“以字声行腔”经验总结出来的。吴声、西曲中大部分作品已经能够成功避免声病，永明体正是受到吴声、西曲声律的启发，并在乐府诗创作中完成新体诗试验的。直到初唐沈、宋等人完成近体诗律，乐府诗一直是诗人们探索诗律的主要载体。

此外，南朝重要的乐府诗人还有宋谢灵运、谢惠连、颜延之，齐谢朓、王融、陆厥，梁武帝、简文帝、元帝、吴均、刘孝威、江淹、何逊、王筠、吴均，陈张正见、徐陵、江总等，他们都有数量不等的乐府诗作品。

作为新声乐府的吴声、西曲，呈现出与以往乐府完全不同的风貌。现存南朝乐府诗近500首，从内容看，几乎全为男女爱情和婚姻生活的叙写。从风格看，大部分作品清新流丽、明快自然。从形式看，主要为五言四句或四言四句，多用双关、谐音等修辞手法，大都篇幅短小，但也不乏《西洲曲》之类的长篇。对于吴声、西曲，后人给予了很高评价。如明人许学夷云:“六朝乐府与诗，声体无甚分别，惟乐府短章，如《子夜》《莫愁》《前溪》《乌夜啼》等，语真情艳，能道人意中事，其声体与诗乃大不同。”(《诗源辩体》卷十一)

学界多把吴声、西曲称为民歌，其实很不确切。沈约《宋书·乐志》在述及《子夜歌》《前溪歌》《阿子歌》《欢闻歌》《团扇郎》《丁督护歌》《懊侬歌》《长史变》《读曲歌》创调本事时，确实说过“凡此诸曲，始皆徒哥，既而被之弦管。又有因弦管金石，造哥以被之，魏世三调哥词之类是也”的话，但这些曲调创调本事中的主人公却分明来自上层社会。

如《团扇郎》和《丁督护歌》本事就是如此:《团扇郎》的产生是因为晋中书令王珉与其嫂婢谢芳姿相爱,受到嫂子阻挠,嫂子令谢芳姿当下作歌,遂有此曲。《丁督护歌》是因宋武帝长女伤悼阵亡丈夫而作。即使像《子夜歌》那样不知出于何人之手的曲调,最终成为乐府曲目,也经过了专业诗人和艺人的加工。西曲歌情况与吴声歌相同,例如《古今乐录》记载《估客乐》创调本事称:“《估客乐》者,齐武帝之所制也。帝布衣时,尝游樊、邓。登祚以后,追忆往事而作歌。使乐府令刘瑶管弦被之教习,卒遂无成。有人启释宝月善解音律,帝使奏之,旬日之中,便就谐合。”

4 胡汉交融的北朝乐府诗

与南朝乐府诗的兴盛相比,北朝乐府诗则显得相对寂寥。北朝以北魏国祚最长。北魏随着汉化程度加深,越来越重视乐府建设。到北魏后期,乐府已有相当的规模。东魏、北齐、西魏、北周均享国年短。西魏全无作品留存,东魏仅留下极少的杂歌谣辞,北周郊庙歌辞全为新制,北齐郊庙歌辞也有新制,其他如相和歌辞、杂曲歌辞、杂歌谣辞等,北齐、北周都时有制作。此外,在琴曲歌辞和杂歌谣辞中,十六国时期的前秦和前赵也有少量作品。

北朝乐府诗主要产生于黄河流域的广大地区,现存有题有辞者约 280 余首。除近代曲辞和新乐府辞以外,《乐府诗集》其他十类中都有北朝乐府诗。其中最大一宗是梁鼓角横吹曲,这显然是北朝传入梁朝以后命名的。这组曲子都可入乐演唱，至陈朝存有66曲，今仅存21曲，分别是：《企喻歌辞》《琅琊王歌辞》《钜鹿公主歌辞》《紫骝马歌辞》《黄淡思歌辞》《地驱歌乐辞》《雀劳利歌辞》《慕容垂歌辞》《陇头流水歌辞》《隔谷歌》《淳于王歌》《地驱乐歌》《东平刘生歌》《紫骝马歌》《捉搦歌》《折杨柳歌辞》《幽州马客歌辞》《折杨柳枝歌》《慕容家自鲁企由谷歌》《陇头歌辞》《高阳乐人歌》。这些歌辞并不全是由少数民族语言翻译而来，其中既有汉歌，如《折杨柳歌辞》《慕容垂歌辞》《高阳乐人歌》等，也有译歌，如《淳于王歌》《东平刘生歌》《捉搦歌》等。

从乐曲来源看，北朝乐曲主要有三个来源：一是前朝遗留之旧曲，二是边地民族乐曲，三是南朝北传乐曲。北齐后主高纬就特别喜欢边地民族乐曲，也能自度新曲。《隋书·音乐志》载："杂乐有西凉鼙舞、清乐、龟兹等。……后主唯赏胡戎乐，耽爱无已。于是繁手淫声，争新哀怨。故曹妙达、安未弱、安马驹之徒，至有封王开府者，遂服簪缨而为伶人之事。后主亦自能度曲，亲执乐器，悦玩无倦，倚弦而歌。别采新声，为《无愁曲》，音韵窈窕，极于哀思，使胡儿阉官之辈，齐唱和之，曲终乐阕，莫不殒涕。虽行幸道路，或时马上奏之，乐往哀来，竟以亡国。"其做派与后来陈后主相比有过之而无不及，《无愁曲》也成了典型的亡国之音。《乐府诗集·杂曲歌辞》叙论即云："故萧齐之将亡也，有《伴侣》；高齐之将亡也，有《无愁》；陈之将亡也，有《玉树后庭花》；隋之将亡也，有《泛龙舟》。"

从诗歌来源看，北朝乐府诗有民间采集和文人创作两种途径。其中，郊庙歌辞、燕射歌辞、鼓吹曲辞、相和歌辞、清商曲辞、琴曲歌辞和杂曲歌辞中的乐府诗主要是文人创作；横吹曲辞中的梁鼓角横吹曲和杂歌谣辞中的部分乐府诗则是采自民间。

从内容看，北朝乐府诗与南朝乐府诗相比更为丰富，反映的社会生活也更为广阔。有的歌颂英雄，如《陇上歌》《木兰诗》；有的赞美草原，如《敕勒歌》；有的写战争动乱，如云“男儿可怜虫，出门怀死忧。尸丧狭谷中，白骨无人收。”（《企喻歌辞》）“兄在城中弟在外，弓无弦，箭无括，食粮乏尽若为活？救我来！救我来！”（《隔谷歌》）有的写尚武精神，如云：“新买五尺刀，悬著中梁柱。一日三摩娑，剧于十五女。”（《琅琊王歌辞》）有的写行役之苦，如云：“陇头流水，鸣声幽咽。遥望秦川，心肝断绝。”（《陇头歌辞》）“上马不捉鞭，反折杨柳枝。蹀座吹长笛，愁杀行客儿。”（《折杨柳歌辞》）有的写相思爱情，如云：“侧侧力力，念君无极。枕郎左臂，随郎转侧。”（《地驱歌乐辞》）“独柯不成树，独树不成林。念郎锦裲裆，恒长不忘心。”（《紫骝马歌》）“含情出户脚无力，拾得杨花泪沾臆。秋去春来双燕子，愿衔杨花入窠里。”（《杨白花》）有的反映社会问题，如大量屠杀男子致使男女比例失调造成老女难嫁问题：“青青黄黄，雀石颓唐。槌杀野牛，押杀野羊。驱羊入谷，白羊在前。老女不嫁，蹋地唤天。”（《地驱歌乐辞》）“粟谷难舂付石臼，弊衣难护付巧妇。男儿千凶饱人手，老女不嫁只生口。”（《捉搦歌》）战乱造成的寡妇孤儿问题：“烧火烧野田，野鸭飞上天。童男娶寡妇，壮女笑杀人。”（《紫骝马歌辞》）“东山看西水，水流盘石间。公死姥更嫁，孤儿甚可怜。”（《琅琊王歌辞》）贫富差距问题：“快马常苦瘦，剿儿常苦贫。黄禾起羸马，有钱始作人。”（《幽州马客吟歌辞》）内容广泛，涉及北朝社会生活的许多重大问题，是当时北方各族人民生活的形象记录。

从形式看，北朝乐府诗主要是五言，也有少量四言、七言和杂言。从风格看，北朝乐府诗总体上较为刚健质朴、粗犷豪放，表情达意真率大胆、泼辣直截，充满热情的生命冲动，与南朝乐府诗的细腻委婉、含蓄缠绵迥然不同。

从作者看，北朝乐府诗作者数量较少，主要由两部分组成：一部分是北朝本土文人，如北魏的裴让之、高允、祖叔辨、温子升，北齐的祖孝征、魏收、邢邵；另一部分是羁留北方的南朝文人，如庾信、王褒、萧撝。其中以庾信的创作成就最为突出，北周郊庙歌辞全都出自他手，约有66首，见载于《乐府诗集》者如《周祀圜丘歌》十二首、《周祀方泽歌》四首、《周祀五帝歌》十二首、《周宗庙歌》十二首、《周大祫歌》二首。此外，庾信的拟乐府也很著名，如《对酒》、《王昭君》、《怨歌行》、《燕歌行》、《从军行》、《乌夜啼》二首、《贾客词》三首、《出自蓟门行》、《苦热行》、《结客少年场行》、《舞媚娘》、《步虚词》十首等，共计13题25首。

5 名家辈出的唐代乐府诗

唐代诗歌成就空前辉煌。这一时期既是诗歌创作的繁盛期，也是乐府诗创作的繁盛期。《乐府诗集》所录5000多首乐府诗中多半都是唐人作品，且多名家名作。仅《全唐诗》卷十七至卷二十九标明“乐府”的诗作，涉及作者就多达200余人。

初唐诗歌分太宗朝、高宗朝、武则天和中宗朝三个阶段。在这三个阶段中，无论是宫廷诗人还是廷外诗人都有乐府诗创作。太宗朝李百药、庾世南等前朝入唐诗人继续创作乐府诗。齐梁诗风在初唐得以延续，就是这些乐府音乐继续流行的结果。高宗朝四杰登上诗坛，各自都有乐府名篇，如王勃《临高台》、杨炯《从军行》、卢照邻《行路难》、骆宾王《从军行》等。武则天和中宗朝是沈宋和文章四友的时代，他们在乐府诗创作中完善了近体诗体式。沈佺期《独不见》是初唐第一首完整的七言律诗，李峤《汾阴行》也是有名的乐府长篇。初唐末期两位诗人张若虚、刘希夷都以乐府诗创作见长，张若虚《春江花月夜》、刘希夷《代悲白头吟》都是脍炙人口的名作。

盛唐是乐府诗发展的高峰期。唐玄宗酷爱音乐，在乐府制作上倾注了极大热情。后妃大臣深受影响，积极参与其中；边将纷纷进献音乐，使边地音乐得以在京城甚至全国流行；李龟年、公孙大娘等著名歌唱家、舞蹈家脱颖而出。当时长安以音乐为生的“音声人”达数万之众。繁盛的歌舞表演刺激了诗人们写作乐府诗的热情。尤其是边塞诗，几乎所有名篇都是乐府诗，如高适《燕歌行》、岑参《白雪歌》、王昌龄《从军行》、李颀《古从军行》、王翰《凉州词》、王之涣《凉州词》

等。盛唐三大诗人中，李白以乐府诗名家著称。在《乐府诗集》中，李白是作品数量最多、使用曲调最多的诗人。他大量写作古题乐府，并创立了“古乐府学”，使古题乐府在唐代继续大放异彩。《蜀道难》《将进酒》《行路难》等，都是古题乐府。李白还因此被召入京城，待诏翰林，专门为唐玄宗写作乐府歌辞。《清平调》三首就是他为唐玄宗、杨贵妃所作，并由李龟年率梨园弟子演唱的。王维诗名高著，同时也是乐府诗大家。一首《渭城曲》唱出了盛唐人豪迈而又深沉的情感世界。《息夫人》直接讽刺王爷，替弱女子鸣不平，从中可见当时著名诗人与爱好音乐的王公贵族间的密切关系。杜甫既有《前出塞》《后出塞》等古题乐府名篇，也有《丽人行》《兵车行》等即事名篇的新题乐府，他的新乐府直接开启了元、白等人的新乐府创作。

中唐前期元结作《补上古乐歌》，体现了他复古的诗学主张。其《系乐府》意在作新题乐府，体现了他的另一种诗学观念。中唐后期，李绅、元稹、白居易有意颠覆古乐府传统，提出了一整套新乐府理论，现存元稹《新题乐府》十二首、白居易《新乐府》五十首就是这一理论的具体实践。元、白等人的新乐府创作获得了巨大成功，在后世影响深远。《乐府诗集》所录十一卷新乐府辞，元、白新乐府只是其中很少的一部分，然而后人论及新乐府，首先提到的却是元、白。元稹所作《估客乐》本属清商旧题，但他却完全按照新乐府路数来写，揭露商人的贪婪本质。张籍和王建与元、白互通声气，也都作有新乐府，且多见同题诗作，如《寄远曲》《织妇怨》

《北邙行》《思远人》等。此外，张籍为婉拒藩镇李师道聘请而作的新乐府《节妇吟》，也是著名的新题乐府。韩孟诗派中孟郊、李贺新题、古题乐府均有创作。孟郊《游子吟》、李贺《雁门太守行》都是乐府名篇。刘禹锡不属于两大诗派，但也创作了大量乐府诗。尤其是《竹枝词》，经他写作以后，成为最流行的曲调。今人王利器、王慎之、王子今所辑《历代竹枝词》，规模超过了300万字。刘禹锡晚年居住于洛阳，生活闲适，又与白居易写作新声《杨柳枝》，成为中唐乐府诗创作的一大盛事。

晚唐也不乏乐府诗名家名作，张祜就以写作乐府诗著称，其《长门怨》是乐府名篇。陆龟蒙《和过张祜处士丹阳故居序》曾这样评价他："元和中作宫体小诗，辞曲艳发……及老大……短章大篇，往往间出……与六义相左右……为才子之最也。"温庭筠是晚唐著名诗人，所作"乐府倚曲"系列，共有32首，借歌咏前朝旧事暗讽当下时局，收录在《乐府诗集·新乐府辞》中。此外，皮日休的《正乐府》十首，更是对元、白新乐府传统的直接继承。

唐代乐府诗创作无论是古题乐府、近代曲辞还是新题乐府，无不寄托了唐人的诗学追求。魏晋南北朝诗人还总是考虑如何使自己的乐府诗创作合于乐府诗要求，因而以"拟""当""代""赋"等标记诗题。而唐代诗人则是想着如何创作某一种乐府诗，"新乐府""系乐府""补乐歌"等概念的提出，标志着唐代诗人在乐府诗创作上有着更为自觉的追求。从内容看，唐代乐府诗较之前代在题材范围上进一步扩大，举凡战争徭役、婚姻爱情、世道坎坷、伤时怀古以及社会各阶层等的生活，如君妃生活、农民生活、游侠生活、商人生活等都有表现。从形式看，唐代乐府诗多为五言、七言和杂言，既有短章小制，也有长篇大作。从作者看，唐代乐府诗以文人为创作主体，很多大诗人如李白、杜甫、王维、白居易等都有乐府佳作。这一时期是继建安之后文人乐府诗创作的又一个高峰期。

6 拟古盛行的唐后乐府诗

宋代以后乐府诗发展步入转折时期，虽然各朝各代仍有乐府活动，留下了大量郊庙歌辞、燕射歌辞、舞曲歌辞，其他各类歌辞也有数量可观的作品，但乐府诗在诗歌史上的标志性地位却被词和散曲所取代。

宋代长短句盛行，因其可以合乐而歌而被称为乐府，成为盛行一时的文学样式，这使得以齐言为主的乐府诗显得较为冷落。尽管如此，一些大词人如梅尧臣、王安石、苏轼、黄庭坚、杨万里、范成大、陆游等，仍有一定数量的乐府诗作品。如梅尧臣《野田行》、《哀王孙》，苏轼《襄阳乐府》、《竹枝歌》，黄庭坚《竹枝词》二首、《塞上曲》，杨万里《竹枝歌》七首、《圩丁词》十解，王安石《明妃曲》二首、《桃源行》、《忆江南》、《塞翁行》、《出塞》、《入塞》，范成大《腊月村田乐府》十首，陆游《思归引》、《长歌行》、《关山月》、《将军行》、《春愁曲》等，其他如徐铉、范仲淹、苏舜钦、晁补之、贺铸、孔平仲、周紫芝、谢翱、汪元量、曹勋、唐庚、徐照、林景熙、赵汝鐩等人也都有数量不等的乐府诗。这些诗人中，陆游的乐府诗数量最多、内容最丰富、形式也最多样。

宋代乐府诗既有古题也有新题。古题乐府或以古喻今，或以古题写时事，较少袭用古题古意。如陈师道《放歌行》以美人青春被误比喻人才被埋没。王安石《明妃曲》二首以昭君遭际比喻才士不遇，以对昭君的强为宽解揭示人生失意的普遍性和个人的无能为力。陆游《荆州歌》写南宋荆州商业的发达与繁荣。宋代新题乐府不仅沿袭了很多唐代新乐府题名，也继承了唐代新乐府的创作传统，在内容上多针对社会现实。如徐照《促促词》通过农民与小吏的劳逸悲欢对比来揭露社会不公，刘敞《田家行》通过写辛苦种黍的田家在持黍易金时却遭遇稻贵黍贱的行情来揭示农民生活的艰难，林景熙《秦吉了》用禽鸟不愿入蛮夷之山不食而死来表达时人抵御外侮的决心。南宋以来，金元入侵的政治状况让新题乐府诗的现实性更为强烈，以战争、边塞、征夫思妇为题材的新题乐府大量出现。如陆游、李龏、张至龙、王镃等有《塞上曲》，曹勋、严羽、杨公远、周密等有《塞下曲》，曹勋、释文珦有《思远人》，吴泳有《夫远征》，吕本中、赵汝鐩有《寄远曲》，周行己、陆游、张仲节、赵崇嶓、周密等有《征妇怨》，宋无、刘克庄等有《寄衣曲》，等等。这些新乐府诗，除继承此前新乐府创作忧黎元、补时阙的宗旨外，又因为特殊历史原因而闪耀着爱国主义的光芒，具有鲜明的时代特征。

总体看来，宋代尽管仍有一些乐府诗名家名作，但乐府诗与音乐的关系渐趋疏离，成为一种供案头阅读的纯文学品类。

虽然有些曲调仍继续作为歌诗流传，但它们在整个诗歌史上的标志性作用却大为减小。可以说，这一时期乐府诗进入了一个古典化时代。

金代乐府诗趋于式微，乐府诗数量较少，乐府诗人也为数不多。以《中州集》所收乐府诗统计，金代乐府诗人有25人，主要有元好问、宇文虚中、刘迎、雷琯、李献甫、萧贡、王郁、宇朱才、师拓、王若虚、王予可等。其中以元好问及其乐府诗最为著名。从《元好问集》可以看出，元好问的乐府诗主要由两类构成：一类是“乐府”，共50首；一类是“新乐府”，共345首。其中，“新乐府”一类全为词体，所以元好问的乐府诗就仅指前一类“乐府”而言，具体篇目如《天门引》《蛟龙引》《湘夫人咏》《湘中咏》《孤剑咏》《渚莲怨》《芳华怨》《后芳华怨》《结杨柳怨》《秋风怨》《归舟怨》《西楼曲》《后平湖曲》《洧川行》《黄金行》《隋故宫行》《解剑行》《征西壮士谣》《望云谣》《望归吟》《梁园春》《探花词》《猎城南》《春风来》《梅华》《宝镜》《续小娘歌》等。这50首乐府诗几乎全为自创新题，涉及内容十分广泛，或感丧乱、或悯征役、或讥纨绔、或绘盛景、或述闺怨，不一而足。金代虽然也有古题乐府创作，如元好问《长安少年行》、《步虚词》三首，宇文虚中《乌夜啼》，萧贡《楚歌》，王郁《古别离》等，但总体上数量较少，新题乐府仍占绝大多数。金代新题乐府以元、白新乐府为楷模，以裨补时病为宗旨，在内容上主要以反映民生疾苦为主，在形式上主要以七言为主。

元代虽然散曲盛行，却并未妨碍乐府诗再度振起。这一时期，乐府诗人和乐府诗数量都很可观，盛况几可比肩李唐。就乐府诗人而言，既有汉族诗人郝经、方回、宋旡、王恽、刘因、吴莱、杨维桢、傅若金、周巽等，又有少数民族诗人耶律楚材、马祖常、萨都剌、贯云石、迺贤等。仅入选《元诗选》和《元诗选癸集》的乐府诗人，就数以百计。在元代众多乐府诗人中，杨维桢最为著名。就乐府诗而言，元代既有新题乐府，如周巽《织锦曲》《梨花曲》《琵琶曲》《节士吟》、迺贤《塞上曲》五首等；也有古题乐府，如宋旡《乌夜啼》《战城南》《长门怨》、张宪《行路难》《白纻舞词》、郭翼《行路难》等。杨维桢一人所作就多达1227首，足见当时乐府诗创作之鼎盛。元代古乐府创作成就高于新乐府，其中又以杨维桢古乐府最为突出，他撰有《铁崖古乐府》十卷、《铁崖古乐府补》六卷，仅《铁崖古乐府》就收入其古乐府诗400余首。杨维桢以个人的杰出创作积极倡导古乐府，用来实现其宗唐复古的文学思想。在他的引领下，元代兴起了声势浩大的“古乐府运动”，很多诗人都投入到古乐府创作中，留下了大量古乐府作品。如胡奎有古乐府666首（《斗南先生诗集》）、周巽有拟古乐府139首（《性情集》）、胡布有古乐府67首（《元音遗响》）、沈梦麟有古乐府20首（《花溪集》）、曹文晦有古乐府20首（《元诗选二集》），等等。这些古乐府诗多用古题写时事，从中可以看到元代社会生活的多个方面。

此外，体制短小的《竹枝词》在元代南方兴盛一时，最著名的是《西湖竹枝词》。《西湖竹枝词》的著名缘于以杨维桢为首的群体的唱和。杨维桢首唱9首，当时和者多达数百家，杨维桢将这些唱和诗编集，名为《西湖竹枝集》。这种大规模以《竹枝词》唱和并编集的做法，对于《竹枝词》的广泛传播起到了显著作用。

到明代，乐府诗创作呈现出不均衡状态：明代初期和中期乐府诗一度繁荣，晚期乐府诗则相对较少。从乐府诗人看，明代前期主要有高启、刘基、徐贲等，中期主要有周道仁、李东阳、皇甫汸以及前后七子等，晚期主要有袁宏道、金圣叹等。

从乐府诗看，明代既有古题乐府，也有新题乐府，还有近代曲辞《竹枝词》。其中古题乐府数量最多，影响也最大，几乎延续有明一代。这种现象的出现一方面缘于元末复古思潮余绪的影响，另一方面也缘于当时小说、戏曲更受欢迎而诗歌创作不景气所引发的理论探索。这些理论探索中，茶陵派李东阳和以李梦阳、何景明、李攀龙、王世贞为核心的前后七子影响最大，他们极力倡导文学复古，主张古诗宗汉魏，近体宗盛唐，所以古乐府被明确标举，汉魏乐府被视为高格。在创作方式上，他们十分注重对古体的揣度模拟。这样的理论主张影响巨大而且持续久远，直接催生了拟古乐府诗的创作，文人拟古乐府诗数量倍增，动辄多达上百首。如高启《青丘集》有古乐府诗 113 首、刘基《覆瓿集》有古乐府诗 90 余首、周道仁有拟古乐府诗 103 首、李东阳《西涯拟古乐府》有拟古乐府诗 101 首、李攀龙《沧溟集》有古乐府诗 200 余首、王世贞《弇州四部稿》和《弇州续稿》共有拟古乐府诗 426 首、陈子龙有古乐府 145 首，等等。

这些拟古乐府诗可以分为两种情形：一种是袭用古题，另一种是虽名为拟古乐府，但具体篇目却并非乐府古题，而是自拟之新题。前一种如高启《征妇怨》《猛虎行》《行路难》，刘基《大墙上蒿行》《楚妃叹》《王子乔》《梁甫吟》，李攀龙《大风歌》《垓下歌》《秋风辞》《天马歌》《李夫人歌》《陇上歌》，王世贞《汉郊祀歌》《汉铙歌》《步出夏门行》《蛱蝶行》《东门行》《秋胡行》《燕歌行》《妾薄命》，袁宏道《长安有斜狭行》《相逢行》《悲哉行》《门有车马客行》《升天行》，金圣叹《望城行》《前有一樽酒行》《秋兰篇》《飞尘篇》《车遥遥》《夜坐吟》《杨花曲》《日出东南隅》等。这些拟古乐府诗，或袭用古题也用古意，或只袭古题而另出新意。明代另一种名为拟古但具体篇名却是自拟新题的乐府诗，其实质更接近新题乐府。这类乐府诗又可分为两种类型：一类是以新题咏时事，如皇甫汸《乐府》十二首。这是一种全新的拟古乐府，诗题全为自创之新题，于每首诗小序中又标明所拟为汉乐府中哪首诗。如《乘法驾》拟《朱鹭》、《厘庙制》拟《思悲翁》、《秩郊禋》拟《艾如张》、《宬皇史》拟《上之回》、《思旧邦》拟《战城南》、《管背汉》拟《巫山高》等，十二首都是如此。另一类是以新题咏史事，如李东阳《拟古乐府》一百零一首。这组乐府诗题为《拟古乐府》，但具体篇目又全为新题，如前十首诗题依次为：《申生怨》《绵山怨》《屠兵来》《筑城怨》《避火行》《挂剑曲》《渐台水》《卜相篇》《国士行》《昌国君》。这些自立之新题皆取材于前代历史，或取自历史人物，或取自历史事件。在内容上或仅咏史实、或以古喻今、或借古讽今，创作目的在于以史为鉴。这组拟古乐府诗直接开启了清代以咏史为题材的新乐府创作序幕。

与拟古乐府的蓬勃发展相比，明代新题乐府创作显得相对冷落，诗人诗作都较为有限。除皇甫汸和李东阳那些名为拟古乐府，实为新题乐府的作品之外，还有陈子龙《范阳井》《谷城歌》《韩原泣》《辽兵行》、彭诒孙《筑城谣》《飞龙篇》《猛虎行》《泥滑滑》《石塔怨》《田家乐》等。无论是数量还是成就，这一时期的新题乐府都难以与古题乐府相匹敌。

明代《竹枝词》创作也方兴未艾，甚至形成了全国性的《竹枝词》创作局面。这一时期的《竹枝词》，命名多加地名以示方域区别。如有《婺州竹枝词》《扬州竹枝词》《西蜀竹枝词》《龙城竹枝词》《长沙竹枝词》《茶陵竹枝词》《武塘竹枝词》《江东竹枝词》《滇南竹枝词》《苏台竹枝词》《广州竹枝词》《吴下竹枝词》《姑苏竹枝词》《嘉兴竹枝词》《滇中竹枝词》《金陵竹枝词》《雷州竹枝词》《秣陵竹枝词》《夔州竹枝词》《闽江竹枝词》《南海竹枝词》《东吴竹枝词》《鄮东竹枝词》《广陵竹枝词》《会稽竹枝词》《潮州竹枝词》《虎丘竹枝词》《越中竹枝词》《邯郸竹枝词》《昆明竹枝词》《西湖竹枝词》《京师竹枝词》《宝应竹枝词》《燕都竹枝词》等，所涉地域遍及南北。在这些《竹枝词》中，又以兴起于元代的《西湖竹枝词》数量最多，有180余首，约占明代《竹枝词》总量的23%。

到清代，乐府诗创作格局发生了根本性变化。《竹枝词》在这一时期迎来了创作高峰，以往由古题乐府和新题乐府所占据的乐府诗坛核心地位完全被《竹枝词》所取代。就作者而言，清代写作《竹枝词》的有帝王，如乾隆皇帝；有著名文人，如陈维崧、朱彝尊、沈德潜、王士祯等；有女性，如杞卢氏、吟香氏、朱孺人等；还有很多无名氏的作品。至于参与其间的普通文人更是数不胜数。就作品而言，有代表性的如王士祯《都门竹枝词》八首、《玄墓竹枝词》八首、《汉嘉竹枝》五首、《广州竹枝》六首等，陈维崧《双溪竹枝词》十首、《清明虎丘竹枝词》四首，朱彝尊《西湖竹枝词》六首、《太湖罛船竹枝词》十首，孔尚任《平阳竹枝词》五十首、《清明红桥竹枝词》二十首，沈德潜《山塘竹枝词》，袁枚《西湖小竹枝词》、《真州竹枝词》，李调元《南海竹枝词》十六首，尤侗《海外竹枝词》一百首，万斯同《鄮西竹枝词》五十首，等等。据王利器、王慎之、王子今《历代竹枝词》统计，清代《竹枝词》数量多达23000余首，占该书所收历代《竹枝词》总量的92%。数量之多，不仅力压以前各代，而且也使《竹枝词》成为清代乐府诗坛最具分量、最引人瞩目的一个品类。清代《竹枝词》在内容上除延续以往《竹枝词》记述民间地方风情外，还出现了很多对外国入侵史实和外国风土人情的描写，这无疑是这一特殊历史时代的特殊文化印迹在《竹枝词》创作中的反映。

清代古乐府诗在成就和数量上都不及新乐府诗，但也时有制作。如殷云霄有古乐府诗四百首、贾松年有《萧艾堂古乐府歌辞》、单可惠有《白羊山房代古乐府辞钞》，等等。清代新乐府诗最为显著的特点，是以咏史为题材的新乐府创作蔚然成风。作家作品如王士祯《小乐府》三十首，吴炎、潘柽章

《今乐府》二百首，尤侗《明史乐府》一百首，万斯同《新乐府》六十八首，胡介祉《咏史新乐府》六十首，洪亮吉《晋南北朝史乐府》（一作《拟晋南北朝史乐府》）一百一十首、《唐宋小乐府》一百零三首，熊金泰《三国志小乐府》一卷，张晋《续尤西堂明史乐府》一卷，舒位《春秋咏史乐府》一卷，邹均《读史乐府》一卷，袁学澜《春秋乐府》一卷，徐宝善《五代新乐府》一卷，尤珍《拟明史乐府》一卷，等等。这些以咏史为题材的新乐府诗大都具有如下特点：以历史为咏写内容，具体篇目多以历史人物或事件命名；诗题下多有小序；体式有近体绝句，也有古体，但更多的是杂言体。这些新题乐府虽为史实记述，但其间又大都蕴涵着诗人的个体情感，或表明诗人对史实的认识与评价。

自鸦片战争以后，中国历史进入了一个新时期。反抗帝国主义侵略、谋求民富国强是这个时代的主要潮流，这使得这一时期的乐府诗大都具有反帝爱国、思变图强的鲜明时代色彩。如马君武的《从军行》以一位身负国仇家恨的英雄母亲的口吻，鼓励儿子从军，为国为民建立功勋。林纾的《闽中新乐府·村先生》历数封建传统私塾教育过失，宣传启蒙思想，等等。这些乐府诗普遍篇幅较长，语言明白如话，浅近易懂。

总之，自汉代直至清代，不同历史时期乐府诗创作情况虽各不相同，但它作为一种极富个性的诗体，一直保持着强大生命力，延续达上千年之久。

二　乐府诗名篇（上）

1　得志者的欢唱与失意者的悲歌——刘邦《大风歌》与项羽《垓下歌》等

乐府诗史上，得志者之歌，无疑首推汉高祖的《大风歌》。

公元前195年，刘邦击溃了最后一个异姓诸侯王淮南王黥布的反叛，归途经过故乡沛县丰邑，置酒沛宫，召集故乡父老子弟聚饮。酒酣耳热之际，刘邦击筑高歌并应节起舞。歌曰：

> 大风起兮云飞扬，威加海内兮归故乡，安得猛士兮守四方。

这就是著名的《大风歌》，宋人郭茂倩收入《乐府诗集·琴曲歌辞》时题为《大风起》。《大风歌》虽是刘邦有感而发，但也经过了排练。刘邦曾召集沛中小儿120人，教之歌。之后，《大风歌》也传至宫廷，成为宫廷表演曲目。

作为诞生于楚地的乐府诗，《大风歌》既承载着丰厚的地域文化观念，同时又具备乐府歌诗的特定意涵。楚人有强烈的故土观念。刘邦和项羽都是楚人，在故土观念上二人如出一辙。项羽引兵西屠咸阳，杀秦降王子婴，收其宝货女子后，便意欲东归，声言“富贵不归故乡，如衣绣夜行，谁知之者!”劝说项羽建都关中的韩生对此遗憾地称：“人言楚人沐猴而冠耳，果然。”项羽闻言大怒，烹杀韩生。由此诞生了“衣锦夜行”和“沐猴而冠”两个成语。其实不唯项羽，同为楚人的刘邦凯旋之后回归楚地故里，高唱楚歌《大风歌》，又何尝不是出于同样的缘由？刘邦的父亲太公刘煓在故土观念这一点上比刘邦和项羽有过之而无不及。据《西京杂记》记载：刘邦称帝以后，太公刘煓被接到长安，虽然贵为太上皇，但他却思念家乡丰邑，常常凄然不乐。刘邦为尽孝心，命能工巧匠吴宽前往丰邑，将故乡的田园屋宇绘成蓝图，重建起高仿真的新丰县，并命名为“新丰宫”。新丰宫中的竹篱矛舍，都与丰邑相同。又将丰邑父老乡亲、鸡犬鹅羊一并搬迁过来。太上皇大悦，日与徙居的新丰故人蹴鞠同乐，乡关之思从此烟消云散。

《大风歌》作为乐府诗，历来都被视为成功者喜悦的欢歌，志得意满者豪情的抒发。这样的意涵引来了后世无数人的赞叹，当然也有人对此种含义进行消解。如元代睢景臣所作《般涉调·哨遍·高祖还乡》，就专门描写刘邦年轻时无赖和不堪的一面。

刘邦是楚汉之争中胜利的英雄，《大风歌》是胜利者的欢唱。相比之下，项羽军壁垓下，被汉军及诸侯重重围困时所唱，便是失败者的悲歌。歌曰：

力拔山兮气盖世，时不利兮骓不逝。骓不逝兮可奈何，虞兮虞兮奈若何！

项羽在四面楚歌之际，看着即将永别的美人虞姬和战马乌骓，忍不住唱出了这首慷慨悲凉的《垓下歌》。歌中有天时不利的怨愤，有身陷重围的无奈，更有英雄气短、儿女情长。盖世英雄兵败垓下，本就令人感慨唏嘘！而霸王别姬的铁骨柔情，缠绵呜咽，又让这首失意者之歌染上了更为浓郁的悲剧色彩。《垓下歌》收入郭茂倩《乐府诗集·琴曲歌辞》时名为《力拔山操》。

英雄有得意之时，也必然有失意之时。汉高祖晚年就遭遇了与项羽兵败垓下时相似的处境。汉高祖晚年，后宫戚夫人圣宠最隆。高祖数度欲废吕后之子、孝惠太子刘盈，立戚夫人子赵王如意为太子。吕后洞悉高祖心思，胁迫张良出了个主意，让太子召来商山四皓，使高祖的想法未能实现。高祖自知大势已去，作歌劝慰戚夫人。歌曰：

鸿鹄高飞，一举千里。羽翮已就，横绝四海。横绝四海，当可奈何！虽有矰缴，尚安所施！

歌用暗喻之法，将孝惠太子比作羽翼丰满的大雁。面对这样一只高翔于天外的大雁，高祖深感无计可施，因此不由得发出无可奈何的慨叹。他告诉心爱的戚夫人，尽管自己是大权在握的皇帝，但由于太子大势已成，又有四皓辅佐，再想换掉他，已是无从下手了。字里行间流露出他对于既成事实无力更改又不得不就此作罢的不甘与无奈。这首歌名为《楚歌》，收入郭茂倩《乐府诗集·杂歌谣辞》中。显然，高祖唱《楚歌》时的处境，一如当年项羽唱《垓下歌》时。英雄末路的悲歌，又被历史轮回到了当年的得志者身上。

太子之争看似以高祖和戚夫人的落败而告终，但这一事件却并未就此完全落下帷幕。高祖驾崩后，吕后将戚夫人囚禁于永巷，令其终日舂米。戚夫人在舂米时自编自唱《戚夫人歌》，倾诉自己悲苦的生活、思子的情怀和怨愤的心声。歌曰：

> 子为王，母为虏。终日舂薄暮，常与死为伍。相离三千里，当谁使告汝。

昔日风华绝代，宠冠后宫，如今囚身阶下，苦不堪言。今夕地位的巨大落差，母子身份的鲜明对比，不堪忍受的劳役之苦，求助无门的凄惨处境，都被她用歌的形式唱了出来。她在呼喊，在求救，这也是她唯一能采用的呼救方式了。而正是这首歌，不仅没能为她带来救兵，反倒为她和她的儿子赵王如意招致了杀身之祸。吕后闻歌大怒，斩戚夫人四肢，剜其眼，熏其耳，饮以哑药，置之于厕，呼为“人彘”。赵王如意也因此被鸩杀。《戚夫人歌》无疑又是一首失意者的悲歌，而吕后处置戚夫人手段之残忍，又让这首失意者之歌悲感愈浓。《戚夫人歌》后被郭茂倩收入《乐府诗集·杂歌谣辞》中。

从楚汉相争到汉初，以高祖《大风歌》为核心，身处权力中心的人们之间的恩怨纠葛都以歌的形式表现了出来。这些歌都是脱口而出、直抒胸臆的作品，是他们生活的真实记录，是他们生命的深沉慨叹。尽管略逊文采，却有着很强的表现力，能给人强烈的震撼力。借由这些歌的存在，才使后人更真切地感知到那段历史的存在。

2　倾国倾城的佳人之歌——李延年《李延年歌》与汉武帝《李夫人歌》

在中国历史上，秦皇汉武无疑是影响力极大的两位皇帝。秦始皇统一中国，汉武帝建立大一统政治，他们共同开创了中国统一的政治传统。政治统一离不开文化统一，而制礼作乐从来都是文化统一的主要内容。乐府起于秦代，经秦末战火，体制严重受损。汉承秦制，叔孙通等人从秦朝沿袭而来的礼乐体制已经大大简化。汉高祖在位不久，吕后执政时间也不长，文帝、景帝奉行黄老哲学务在与民休息，都没有进行大规模文化建设。到汉武帝，情况开始发生巨变，他大规模制礼作乐，乐府被赋予了新的职能，影响深远的乐府艺术自此开启了新的历史纪元。汉宣帝即位之初曾历数武帝文治武功，文治首列“协音律，造乐歌”，而帮助武帝“协音律，造乐歌”的，正是李延年。

李延年是中山人（今河北省定州市），出身倡家，父母兄妹都通晓音乐，都是以乐舞为职业的艺人。李延年年轻时因犯法被处以腐刑，负责在宫中养狗。但他性知音，善歌舞，由此受到汉武帝器重，是当时最著名的音乐家。

李延年像

李延年很有音乐才华，作曲水平极高，当时很多音乐制作都与他有关。元鼎六年（前111），汉武帝扩大乐府职能，命乐府采诗。又定郊祀之礼，命司马相如等文士作《郊祀歌》十九章。而将乐府搜集的民间乐歌加工整理并编配新曲，为司马相如等人所作《郊祀歌》十九章配乐，协助汉武帝全面实现制礼作乐理想的，就是李延年。建元三年（前138），张骞奉汉武帝之命出使西域，带回了西域名曲《摩诃兜勒》以及演奏方法。李延年利用张骞带回的《摩诃兜勒》编成二十八首横吹曲，用作乐府仪仗之乐。这是音乐史上最早明确出现作者姓名及乐曲曲名的记载，李延年也成为最早利用外来音乐制作新曲的音乐家。李延年不仅对外来乐曲进行改造，也改造传统旧曲。《薤露》

《蒿里》都是著名的乐府曲调，本是送葬挽歌，意为人生短暂如草上露水奄忽不见，人死魂魄归于蒿里。李延年将其分为二曲，按逝者身份加以区别，《薤露》送王公贵人，《蒿里》送士大夫庶人，使之成为新的挽歌。可以看出，李延年在汉代大规模创制新乐过程中确实发挥了巨大作用。毫不夸张地说，他是汉武帝礼乐建设中最大的功臣。

在李延年创制的众多曲目中，堪称代表作的，是《李延年歌》。

元封年间，李延年为汉武帝和平阳公主表演了一首新曲，这首新曲就是《李延年歌》。歌辞唱道：

> 北方有佳人，绝世而独立。一顾倾人城，再顾倾人国。宁不知倾城与倾国，佳人难再得。

汉武帝听完后叹息道："唱得虽好，可世上真有如此动人的女子吗?"平阳公主答道："李延年的妹妹，就是此种倾国倾城的女子!"就这样，经过这番刻意铺垫后，一位绝色佳人，迎着万众瞩目的期待，隆重出场了。汉武帝见她果然如李延年歌中所唱一般沉鱼落雁、妙丽善舞，遂纳她为妃，一入宫廷，便立为夫人，从此圣宠优渥。这就是历史上所说的李夫人。

李夫人应该是第一个，也是唯一一个用歌曲作为名片登上中国历史舞台的女子。

集万千宠爱于一身的李夫人，入宫仅一年有余，就生下一名皇子，这皇子就是后来的昌邑王刘髆。母以子贵，天经地义，李夫人的荣宠冠绝一时！谁知人有旦夕祸福，没过多久，她就不幸染病在身。

李夫人刚刚生病的时候，太医和汉武帝都以为不很要紧。李夫人是能歌善舞的美人，本就弱不禁风，加之刚生完孩子，虚弱一些也在情理之中。况且，她年纪轻轻，又最得汉武帝的宠幸，有天子庇佑的她又怎会有性命之虞？可接下来，谁也没想到，上天很快就收回了李夫人的好运气。几天下来，这病就变得十分凶险！她开始卧床不起，形容枯槁，神情萎靡。

汉武帝知道后，心急如焚，赶忙放下朝政，急匆匆跑去探视。可是，一听说汉武帝驾到，李夫人却用被子把自己的脸蒙得严严实实，坚决不肯让汉武帝看到。汉武帝百思不得其解，这时李夫人言道："臣妾久病多日，样貌枯萎，再不似以前模样，陛下不见也罢！只是，臣妾死后，还望陛下看在你我往日情分，多多眷顾我们的儿子，还有我的兄弟。"汉武帝见此情形，早已痛彻心扉，哪里肯依，忙又劝道："你且让我一见，当面嘱托岂不更好？"李夫人立即援引礼仪规范推辞道："妾闻：妇人貌不修饰，不得拜见君父。我现在一没装扮，二没修饰，怎可参见陛下？"汉武帝仍不甘心，又说："你且让我见了，我立刻赏你千金，并且为你娘家兄弟加官晋爵。"李夫人却寸步不让，说："赏不赏全在陛下，不在一见。"任凭汉武帝再三呼唤，耐心劝导，李夫人始终转身内向，掩面啜泣，不肯以病容相见。汉武帝既伤心又恼火，终是不忍强逼，只好怏怏不乐地离去。

这时李夫人的姐妹也入宫问疾，待汉武帝走后，她们责备李夫人道："你想托付兄弟于陛下，见一面是很轻易的事，何苦违忤至此？”李夫人含泪叹道：“你们有所不知，我不见陛下的原因，正是为了托付兄弟。我本出身微贱，他之所以眷恋我，只因我平时容貌艳丽而已。大凡以色事人，色衰而爱弛，爱弛则恩绝。如今我病得如此憔悴不堪，他若见我此等衰败之色，心中必生嫌隙，弃之唯恐不及，怎会在我死后悉心照顾我的兄弟？”

李夫人真是位聪慧绝顶的女子，她是真正参透了世上男子的薄情寡义之心！只可惜，几日之后，她便香消玉殒了。

事情的结局果真不出李夫人所料。她拒见汉武帝，非但没有激怒他，反而激起他无限的思念。李夫人去世后，汉武帝悲痛不已，思念之情与日俱增。他不仅追封李夫人为孝武皇后，将她以皇后礼厚葬，还命画师画下她生前容貌，挂在甘泉宫，日日观看，以慰相思。但观看画像，远远不能解除那越来越浓烈的相思之苦。于是汉武帝召来方士李少翁，让他在宫中设坛招魂，好与李夫人再见一面。李少翁在晚上点燃灯烛，设下帷帐，请汉武帝在帷帐里观望。摇晃的烛影中，隐约的身影翩然而至，却又徐徐远去。汉武帝痴痴地看着那个宛然如李夫人的身影，凄然写下一首诗，命乐府演唱，诗曰：

是邪非邪？立而望之，偏何姗姗其来迟！

这首诗就是《李夫人歌》，被郭茂倩收入《乐府诗集·杂歌谣辞》中。

李夫人死后，汉武帝确实没有辜负她的嘱托，封她的哥哥李延年为协律都尉，又封她的另一个哥哥李广利为贰师将军。这一切的厚封，只为了李夫人的一句遗言，汉武帝对她真正称得上是一往情深！然而，遗憾的是，卫、霍的奇迹却并未在李家上演。李延年仗着汉武帝的宠信胡作非为，最终被满门抄斩。李广利出征大宛险胜一局，之后与匈奴作战失败，投降了匈奴。

这，就是著名的倾国倾城的李夫人的故事。

读诗读史至李夫人，不由让人心生感佩！这位死后多年还能让汉武帝念念不忘的女子，委实是不寻常，她的出场和结局都是那么的不可思议！她的一生虽然短暂，却在汉武帝心中留下了最美最永久的记忆！汉武帝的无尽爱恋和入骨思念几乎全在她预料之中。美艳的容颜是她受宠的原因，但她却不因受宠而忘乎所以，“绝世而独立”才是她的真实写照，她将那可遇而不可求的距离美拿捏得那么到位！她的死，就像远方伊人那蓦然回首而又倏忽而逝的嫣然一瞥，让人遐想万端却又无处抓寻。而她正是凭借这份遽然失去的憾恨，成全了一段善始善终，却又令人回味无穷的完美爱情！

3 弃妇托辞于纨扇的怨歌——班婕妤《怨歌行》

《怨歌行》又名《怨诗》，诗曰：

新裂齐纨素，鲜洁如霜雪。裁为合欢扇，团团似明月。出入君怀袖，动摇微风发。常恐秋节至，凉飙夺炎热。弃捐箧笥中，恩情中道绝。

这首诗较早见于萧统的《文选》和徐陵的《玉台新咏》，前者载此诗时题为《怨歌行》，后者载此诗时题为《怨诗》。郭茂倩将其收入《乐府诗集·相和歌辞》，诗题也为《怨歌行》。

关于这首诗的作者，说法颇有分歧。《文选》《玉台新咏》和《乐府诗集》都题为班婕妤作，很多文人如曹植、傅玄、陆机等也都认同这一观点。曹植在《班婕妤赞》中说："有德有言，实为班婕妤。"傅玄在《班婕妤画赞》中也说："斌斌婕妤，履正修文。"陆机《婕妤怨》诗云："案情在玉阶，托意惟团扇。"几乎众口一词认为作者为班婕妤无疑。但是，从五言诗发展趋势来看，西汉中期是否已经产生如此成熟的五言诗，很值得怀疑。加之班固在《汉书·班婕妤传》中并未记载其作《怨歌行》事。由于这两方面的原因，就出现了此诗作者并非班婕妤的看法。如刘勰《文心雕龙·明诗》就说："成帝品录，三百篇，朝章国采，亦云周备。而辞人遗翰莫见五言。所以李陵、班婕妤见疑于后代也。"刘勰认为古代附会前人事迹，伪托其名的作品是很多的，这首诗大约也属此类。李善在《文选注》中引《歌录》也赞同这一观点，他说："《怨歌行》，古辞。"认为这首《怨歌行》是乐府古辞，并非班婕妤所作。近人逯钦立在《先秦汉魏晋南北朝诗》中更推测《怨歌行》是曹魏时期的伶人所作，他说："此诗盖魏代伶人所作。"这一问题的论争至今多说并存，未有定论。

而《乐府诗集》等史料所载《怨歌行》的作者是班婕妤，却也并非无据。根据就是，乐府诗往往都有固定的本事，本事是与乐府诗创作密切相关的故事。这首《怨歌行》，就有一个和班婕妤有关的凄怨哀婉的本事。《玉台新咏》班婕妤《怨诗》序载其本事称："汉成帝班婕妤失宠，求供养太后于长信宫，乃作怨诗以自伤。托辞于纨扇云。"这则本事的简约记载背后，其实蕴藏着一个深宫女子由盛宠而至失宠的曲折故事。

汉成帝妃班婕妤乃名门闺秀，是一位优雅贤德的女子。汉成帝初年入宫，因美且贤，深获殊宠。一次，汉成帝想与她同辇出游，她说道："古代圣贤的君主，都有名臣陪伴在侧。夏、商、周三代的末主夏桀、商纣、周幽王，才时常让宠幸的妃子陪伴左右，最后落到国亡身毁的境地。我如果和您同车出入，那您就跟他们很相似了，能不令人凛然而惊吗?"汉成帝认为她言之成理，同辇出游的想法只好作罢。王太后听到班婕妤以理制情，不与皇帝同车出游的事，非常高兴，对左右亲近的人说："古有樊姬，今有班婕妤。"直接把班婕妤与春秋时楚庄公贤良的夫人樊姬相提并论，给了这个儿媳妇最大的嘉勉与鼓励。

那是君王爱恋正浓的时候，因太后赞她贤德，后宫诸人也都逢迎她。她的故事一时传为美谈，仿佛她真正是那襄助楚庄王成就春秋霸业的樊姬。她也很是自得，以为深承君恩，又不没家训，一切都是那么的相得益彰和完美！在她的心里，只愿恩爱长久，一如宫名长信。

可是，有一天赵飞燕来了！带着她的妹妹赵合德一起来了！赵飞燕入宫，是班婕妤失意的开始。一切是那么的出乎意料，又是那么的在意料之中。所有的怜爱、宠幸，都随着那身轻如燕的舞女的入宫，戛然而止。

山盟虽在情已成空。真正如纳兰容若所说："等闲变却故人心，却道故人心易变。”她不是那许皇后，在飞燕圣宠正隆的时候，犹自不躲开，生生地惹人厌弃。她对自己的处境有清醒的认识，于是自请去服侍太后。从此深宫寂寂，岁月悠悠，美人独愁。她悲悯繁华之不滋，借秋扇以自伤，作了这首《怨歌行》。

这是她，一个古代宫闱知识女性的遣情。她自知，自己正如秋后团扇，已被汉成帝抛弃，再也得不到他的怜爱了。果然，不久赵飞燕便被册封为皇后，赵合德也成了昭仪。然而这一切在班婕妤看来，似乎都与她毫无关联了。

绥和二年（前7）三月，汉成帝崩于未央宫，班婕妤奉王太后之命前去守护成帝陵园。当繁华落尽，天子与凡人一样躺在冰冷的墓穴里时，那个曾经被他抛弃的爱人，被他冷落遗忘的班婕妤，仍在他的陵园里，陪着他，孤独直至终老。

她只是料不到，才华出众、清高自诩、目下无尘的自己，日后竟成了宫怨的代言人。很多年后，有位叫王昌龄的诗人，仿佛从《怨歌行》中窥见了她的苦况，作了《长信秋词》五首来怜惜她：

> 金井梧桐秋叶黄，珠帘不卷夜来霜。熏笼玉枕无颜色，卧听南宫清漏长。
>
> 高殿秋砧响夜阑，霜深犹忆御衣寒。银灯青琐裁缝歇，还向金城明主看。
>
> 奉帚平明金殿开，且将团扇暂徘徊。玉颜不及寒鸦色，犹带昭阳日影来。
>
> 真成薄命久寻思，梦见君王觉后疑。火照西宫知夜

饮，分明复道奉恩时。

长信宫中秋月明，昭阳殿下捣衣声。白露堂中细草迹，红罗帐里不胜情。

这组诗拟托班婕妤在长信宫中某一个秋天的事情而作。卧听宫漏的孤寂、彻夜难眠的守望、清晨洒扫的徘徊、由思入梦的苦痛、失宠得宠的反差，五首诗从五个不同角度描写宫廷失宠女子的苦闷生活和幽怨心情。语言婉转曲致，风格缠绵悱恻。其实不唯王昌龄，文学史上不断有文人墨客为班婕妤抛洒同情之泪，写诗作文为她代言。

古人谈咏物之妙，认为贵在“幽怨缠绵，直是言情，非复赋物”，强调要“不即不离”。既不停留在物象上，又要切合咏物。《怨歌行》完全符合这两条要求：借扇拟人，巧言宫怨之情；设喻取象，无不物我双关。究竟是人还是物？其实似人又似物，浑然难分。而以秋扇见捐比喻女子似玩物遭弃，尤为新奇而警策。正因为如此，其形象就大于思想，超越了宫怨范围而具有更普遍意义，即反映了封建社会女子被玩弄遗弃的普遍悲剧命运。因了这首诗，在后代诗词中，团扇几乎成为红颜薄命、佳人失时的象征。

4 美貌机智的采桑女之歌——《陌上桑》

《陌上桑》是汉乐府名篇，最早著录于沈约《宋书·乐志》，题名《艳歌罗敷行》。在徐陵《玉台新咏》中，题为

《日出东南隅行》。不过在更早，晋人崔豹《古今注》已提到这首诗，称之为《陌上桑》。

《陌上桑》是一首叙事诗，写采桑女秦罗敷拒绝太守调戏的故事，歌颂了她的美貌与坚贞情操，塑造了一位美丽、机智、有反抗精神的女性形象。

《陌上桑》有本事，崔豹《古今注》说："《陌上桑》者，出秦氏女子。秦氏，邯郸人有女名罗敷，为邑人千乘王仁妻。王仁后为赵王家令。罗敷出采桑于陌上，赵王登台见而悦之，因置酒欲夺焉。罗敷巧弹筝，乃作《陌上桑》之歌以自明，赵王乃止。"这一说法与现存《陌上桑》歌辞内容有异，有学者据此认为《陌上桑》本有两篇：一篇咏秋胡戏妻事，名为《秋胡行》；另一篇咏罗敷事，即《艳歌罗敷行》。根据沈约《宋书·乐志》的记载，可以确认《艳歌罗敷行》就是《陌上桑》的古辞。郭茂倩《乐府诗集》又引《乐府解题》说："古辞言罗敷采桑，为使君所邀，盛夸其夫为侍中郎以拒之。"这种说法与《陌上桑》的内容也相吻合。

《陌上桑》属相和歌中的相和曲，为相和十五大曲之第十五曲。相和大曲的结构形式多样。有的只用"曲"构成最简单的形式，如《东门行》《雁门太守行》等；有的为"艳—曲"两部分，如《步出夏门行》；有的为"曲—趋"两部分，如《满歌行》《擢歌行》；有的为"曲—乱"两部分，如《白头吟》。其完整形式则由"艳—曲—趋或乱"三大部分组成。艳，一般用在曲前，类似于前奏，个别也用在曲后。曲，是乐曲主体，由分为若干"解"的唱段构成。解可多可少，没有定规。趋或乱，是乐曲结束部分，相当于尾声。《宋书·乐志》中所载《艳歌罗敷行》之所以名为“艳歌”，正是因为“曲”前有“艳”的缘故。《乐府诗集》卷二十六《陌上桑》解题说：“一曰《艳歌罗敷行》。《古今乐录》曰：‘《陌上桑》歌瑟调。古辞《艳歌·罗敷行·日出东南隅篇》。’”可知现存晋乐所奏歌辞并非旧曲曲辞，而是《艳歌·罗敷行·日出东南隅篇》，所属乐曲为相和大曲的瑟调曲。

《陌上桑》在内容上分为三解，解为乐歌的段落，这首诗的乐歌段落与歌辞内容段落大致相合，每一解是一个层次。

第一解写罗敷之美。诗从环境烘托、器物烘托、服饰烘托、观者反映四个方面层层展现罗敷的美丽：诗人先由远及近，由日出到小楼，由小楼到罗敷，由罗敷到采桑，渐渐地突出采桑女秦罗敷；继而描写罗敷所用的采桑竹篮，上系青丝绳，提柄用桂枝制成。拥有如此精美的篮子，主人之美也就可想而知了。再描写罗敷的服饰，她的发式是偏向一侧、似坠非坠的倭堕髻，耳环是明月宝珠，短袄是紫绫制成，裙子是黄绫制成。穿着如此华贵服饰的，必是绝代佳人。最后用旁观的行者、少年、耕者、锄者看到罗敷后的反应侧面烘托出罗敷的美貌。

第二解写罗敷拒婚。这一解主要通过对话构成矛盾冲突，推动故事发展。从“五马立踟蹰”到“问是谁家姝”，再到“罗敷年几何”“宁可共载否”，太守的语言、行为步步深入。先是太守的马徘徊不前，太守对罗敷垂涎三尺，继而上前搭话，询问姓名，打听年龄，最后提出和罗敷“共载”的无理要求，一步步暴露出太守的丑恶嘴脸。而罗敷从开始的毫无戒心，有问必答，到太守提出无理要求时的盛怒和盛怒中的激烈反应，把矛盾冲突一下子推到了白热化。“使君自有妇，罗敷自有夫”这样义正词严的反击，使兴致勃勃的太守陷入尴尬、狼狈的境地，也表现出她坚贞不屈、勇于反抗的精神，塑造出一位外貌美和心灵美兼具的采桑女形象。

第三解写罗敷夸夫。罗敷夸夫，句句都是针对太守而发。这夸赞，既写出了夫婿的威仪赫赫、仕途通达、品貌兼优、才华横溢，又展示了罗敷的聪明和机智。罗敷的伶牙俐齿使自以为身份显赫的太守只能自惭形秽，我们从中仿佛可以看到太守威风扫地、垂头丧气离开桑田的结局。整首诗在罗敷热情洋溢的夸夫声中进入高潮，而故事也在这高潮中落下了帷幕。如果说第一解中的罗敷令人喜爱，第二解中的罗敷令人尊敬，那第三解中的罗敷则令人佩服。

《陌上桑》洋溢着浓厚的浪漫主义情调和喜剧色彩。罗敷之美、罗敷夸夫，虽不是写实，但却寄托了劳动人民对美的理想和战胜权贵的良好愿望。观者和太守、小吏的动作、神态描写，既轻松风趣，又幽默俏皮，读来妙趣横生，具有强烈的喜剧效果。对观者，我们乐其质朴滑稽；对太守和小吏，我们笑其丑态百出。

5　坚贞不渝的生死恋歌——《焦仲卿妻》

在乐府诗中，有一首诗共有 356 句，1750 字，是中国古代最长的叙事诗，为唐诗以前所仅见。这首诗最早见于徐陵

《玉台新咏》，题为《古诗为焦仲卿妻作》。郭茂倩将其收入《乐府诗集·杂曲歌辞》，题为《焦仲卿妻》。今人往往取其首句，名之为《孔雀东南飞》。

这是一曲基于事实而形于吟咏的悲歌。《玉台新咏》在此诗前有一段序文记载其本事说：

> 汉末建安中，庐江府小吏焦仲卿妻刘氏，为仲卿母所遣，自誓不嫁。其家逼之，乃投水而死。仲卿闻之，亦自缢于庭树。时人伤之，为诗云尔。

很显然，这首诗取材于封建社会屡见不鲜的家庭纠纷——婆媳矛盾。但这首诗却将再一般不过的题材写出了扣人心弦的艺术效果，千百年来一直激荡着读者的心灵。

从情节结构看，这首诗如同一部完整的舞台表演剧本。事实上，它也确实曾多次被改编成戏剧，搬上舞台。

“孔雀东南飞，五里一徘徊。”典型的诗歌语言，典型的民歌手法，一场戏剧自此拉开了序幕，兰芝的自诉请遣就此开始。她受过良好的家庭教育，能织布、会裁衣、晓音乐、通诗书、知礼义、谙妇道，举凡闺中所需无所不能。这应该是一个合格的妻子和儿媳。可是，她却并未得到婆婆的欢心。她从“三日断五匹”而婆婆尚且“故嫌迟”中痛苦地意识到了婆婆有意刁难和执意遣归的用心。在驱遣必行的情况下，她主动请遣，走上了自我反抗的道路。焦仲卿是了解妻子的，他知道责任全在自己母亲一方，所以在听完妻子的诉说后，并不安抚和劝导，而是直接到母亲面前求情和质问："女行无偏斜，何意致不厚?"这样的质问说明他了解妻子、挚爱妻子，同时也说明他对事态的严重性认识不足。这样的做法只会使事情向更坏的方向发展。果然，焦母没有料到平日里唯唯诺诺、唯己命是从的孝顺儿子，今日竟敢如此为媳妇张目，她勃然大怒。她的盛怒，意味着兰芝遣归的无法挽回。更为严重的后果是，她要为儿子另择合乎自己心意的配偶。

母命实不可违，而妻子又委实为自己所深爱，焦仲卿陷入左右为难之中。这时，他想出一个折中的办法：既遵母命，遣送妻子回家，又准备不久再把她接回来。仲卿想以暂时的妥协、时间的流逝，填平母亲和妻子之间的鸿沟。但是，这番苦心是否能得到妻子的谅解？妻子是否承受得住这样的委屈？焦仲卿无法给出答案，所以他欲言又止，以致泣不成声。见此情景，聪明的兰芝一切都明白了。她是清醒的，她深知被遣的必然和重归的不可能，她更不愿让心爱的丈夫左右为难。"勿复重纷纭"，表明她对事情的发展已不抱任何幻想，毅然打算离开焦家。作为焦家的儿媳，几年来她恪守孝道，备受苦辛，她是坦然的。因此，对她而言，离开焦家并不难，难的是，和深爱的丈夫分离。她明白，丈夫和她有着同样的痛苦，丈夫深爱着她，但又对改变现状无能为力。既然如此，作为妻子就理应为他排遣。于是她留下了自己的嫁妆，给丈夫作为纪念，为的是使丈夫"久久莫相忘"。一对恩爱夫妻，就这样被活活拆散了。而这个有情有义的女子，却对懦弱的丈夫没有一丝怨言。这固然是基于对丈夫的了解和谅解，但更重要的是她清楚决定他们二人婚姻前途的不是夫妻间的情爱，而是封建家长的意志。这样的见识，让她毅然决然地选择了忍痛离开！

兰芝离开焦家时是冷静的。辞归前她盛装打扮，用她的俊美容颜，表现了她的镇定和坚强。辞归时上堂拜母，不卑不亢，礼仪周至。然而，冷静并不是冷漠，下堂别姑，她终于忍不住卸下了坚强的面具，泪落不止。委屈和不舍，随着一串串泪珠，倾泻而出。大道口的密誓，更是宣告了她和丈夫被迫睽离时维护坚贞爱情的决心。

兰芝被遣，意味着婆媳矛盾、母子冲突的告终。然而，新的厄运又将降临在这对怀着重逢希望的男女身上。

兰芝还家，重重压力随之而来。尽管在焦家，她是无辜被遣的，是受害者。但对娘家来说，这依旧是奇耻大辱。在传统认识面前，兰芝进退失据，她承受着巨大的精神压力。终于，大难临头了。兰芝回家不过十几天，县令的儿子就来提亲了。嫁与不嫁，就成为对兰芝是否忠于爱情的考验。她信守了与丈夫的誓言，争取到母亲的谅解，谢绝了县令家的求婚。第一次风波就这样有惊无险地过去了。但是，面对太守家的求亲，母亲不愿力拒。而兄长，则以关心妹妹的面孔出现，用赤裸裸的世俗利害逼婚。兰芝深知，太守的势力不可抗拒，兄长的决定不可改变，她只有暂且权宜，外示顺从而内定死志，在允婚的表象下作最后的抗争。

仲卿听闻变故重会兰芝，怨艾难抑，斥责兰芝的背信弃义。而兰芝，本希望从挚爱的人那里得到同情和理解，让他明白自己所承受的巨大家庭压力。却不料，仲卿情急之下只有责难。仲卿是深爱兰芝的，他相信兰芝会恪守誓言。但他无法理解兰芝的处境，无法体会来自兰芝娘家那不容抗拒的家庭重压。以致在兰芝陈述遭际之后，他仍不以为然地说："贺卿得高迁！"这无异于在兰芝心灵的伤口上又撒了一把盐。这是兰芝无法忍受的，但又是无法申辩清楚的。她只是提醒他："同是被逼迫，君尔妾亦然。"她知道，只有一死，才能在爱人面前表白心迹。仲卿还家后，也向母亲暗示死志。然而，亲手拆散了这对夫妻的焦母，却依然坚持另觅佳媳的计划，无视仲卿对兰芝的一片真情。她那冷酷的母爱，终于将她的儿子逼上了绝路。兰芝纵身投水，仲卿自缢庭树。一对有情人就这样惨死在封建家长的重压之下。

两家求合葬，是这一悲剧故事的尾声，显示出兰芝、仲卿双双殉情之后双方家长心理的微妙变化。松柏梧桐，叶叶相交；鸳鸯比翼，飞翔其间。这样的描写寄托了人们对以爱情为基础的合理婚姻的向往。

这首诗以其所塑造的一系列鲜明生动的人物形象、完整紧凑的结构、个性化的对话、抒情性的穿插、人物行动的简洁刻画和浪漫主义的结尾成为中国古代叙事诗成熟的标志，对后代产生了深远影响。尤其是其中所写连理枝和鸳鸯鸟的故事，被后世许多文学作品所继承。如《搜神记》中韩凭夫妇墓上的鸳鸯鸟和相思树，《太平广记》卷三八九"相思木"条所载思妇思念征夫以致卒后墓上生出相思木，白居易《长恨歌》中"在天愿做比翼鸟，在地愿为连理枝"的李杨爱情描写，甚至梁祝化蝶等故事，都与此为同一旨趣，都是人们对坚贞爱情的礼赞和美好愿景。

《焦仲卿妻》与《陌上桑》合称汉乐府双璧，后人对这两首诗给予了很高评价。如明人许学夷云："汉人乐府五言《焦仲卿妻》诗，真率自然，而丽藻间发，与《陌上桑》并胜，人未易晓。何仲默云：‘古今唯此一篇。’……王元美云：‘《孔雀东南飞》质而不俚，乱而能整，叙事如画，叙情若诉，长篇之圣也。’”（《诗源辩体》卷三）

6 征人思妇的万般情怀——曹丕《燕歌行》

魏之三祖在乐府诗史上曾被刘勰并置评价，称他们“气爽才丽”。三祖之一的曹丕不仅气爽才丽，而且文武兼具。曹丕少年时代便才华出众，广泛阅读过古今经传、诸子百家，八岁就会写文章。他会射箭也会击剑，会骑马且精通马术。建安二十二年（217），曹丕在司马懿、吴质等大臣帮助下，在继承权的争夺中战胜了弟弟曹植，被立为魏王世子。建安二十五年（220），曹操去世，曹丕继任魏王、丞相、冀州牧。同年十月，曹丕登基称帝，国号大魏，改元黄初，定都洛阳。曹丕是一位很有政治才华的皇帝。对外，他曾派遣军队大破羌胡联军，平定河西之地；多次击败鲜卑骚扰，巩固北疆边防，遣使复通西域；继承了东汉在西域的统治，并设置了西域长史府。对内，他重视文

曹丕像

教；修复洛阳，营建五都，推广儒家文化；采取战略防守，恢复生产，提倡薄葬，除禁令，轻关税；发展屯田制，施行谷帛易市；创立九品中正制，成功缓和了曹氏与士族之间的矛盾；巩固中央集权，强化中书省，限制后党、宦官势力，削夺藩王权力。从曹丕所采取的这些政治举措看，与其他封建帝王相比，他称得上是政治才能中等偏上的一位。

曹丕很有文才，喜好文学，酷爱民间俗乐。建安十六年（211），在曹操西征马超大军中担任主簿的著名诗人繁钦，在军中发现都尉薛访车子善于歌唱俗曲，而且唱的“潜气内转，哀音外激，大不抗越，细不幽散”，于是繁钦迫不及待地以短笺形式向曹丕汇报了自己发现的这一音乐奇才。曹丕得信后高度重视，肯定说：“披书欢笑，不能自胜，奇才妙伎，何其善也。”可见，曹丕与他的父亲曹操一样，对乐歌之事十分热衷。

文学史上，大都把文帝曹丕和陈王曹植列入建安，把他们的作品作为建安风骨的代表。然而，曹丕等人所处的时代、生活境遇和乐府诗创作，与曹操时的建安文人比起来，有着很大差别。尽管在曹操的时代，曹丕等人的乐府诗对促进建安乐府的发展起到了积极作用。但是，他们主要生活在三分天下政局确立之后，环境较为安定，生活较为平稳。与曹操相比，汉末乱离动荡的社会现实所造成的心理震荡和深沉感触于他们而言尚有距离。当曹操金戈铁马驰骋疆场的时候，曹氏兄弟却与文士们在邺下过着“怜风月，狎池苑，述恩荣，叙酣宴”（刘勰《文心雕龙·明诗》）的诗酒生活。因此，曹丕的很多歌诗，就是当时邺下生活的写照。而真正能够代表其乐府诗特色的，是他建立魏国前后至太和时期的创作。这一时期就是鲁迅所说的“曹丕时代”。

在曹丕现存的40多首歌诗中，有一半是乐府诗。这20多首乐府诗在内容上以描写男女情思、游子思乡与慨叹军旅之苦居多。这样的内容决定了曹丕的乐府诗几乎都是抒情之作。这些乐府诗，有的是用乐府旧题，有的是他依据民间歌曲所作的新曲。前者是他对曹操以来乐府诗创作的继承，后者则是他在乐府诗创作上的贡献。后者中的代表作品就是《燕歌行》：

> 秋风萧瑟天气凉，草木摇落露为霜，群燕辞归雁南翔。念君客游思断肠，慊慊思归恋故乡，君何淹留寄他方。贱妾茕茕守空房，忧来思君不敢忘，不觉泪下沾衣裳。援琴鸣弦发清商，短歌微吟不能长。明月皎皎照我床，星汉西流夜未央。牵牛织女遥相望，尔独何辜限河梁。

这是曹丕《燕歌行》二首中的第一首。《燕歌行》是乐府曲名，属于相和歌中的平调曲。燕是西周至春秋战国时期诸侯国名，辖地约为如今的北京市以及河北北部、辽宁西南部一带地区。这里是汉族和北部少数民族相交接的地带，秦汉以来经常发生战争，因此历代统治者都要派重兵戍守。由此可见，《燕歌行》应当与乐府曲名《齐讴行》《吴趋行》相类似，都是反映某一地区的生活，具有地域音乐特点的曲调。

《燕歌行》不见古辞，这个曲调可能借由曹丕的创作才进入了乐府。

郭茂倩《乐府诗集》引《乐府解题》揭示《燕歌行》主旨说："魏文帝'秋风''别日'二曲言时序迁换，行役不归，妇人怨旷无所诉也。"很显然，这首诗是拟设征夫妻子口吻，写她在时节转换之时，怀念征戍不归的丈夫，吐露满腹哀怨无处诉说的痛苦。

曹丕把写景、写人、抒情、叙事巧妙地融为一体，把思妇的感情、心理描绘得淋漓尽致，构成了一种千回百转、凄凉哀怨的风格。这是《燕歌行》的特点，也是曹丕诗歌区别于曹操等其他建安文人诗歌的典型特征。在他的诗中，看不到其父曹操那种慷慨激昂以天下为己任的气概，也看不到其弟曹植那种积极上进志欲报效国家的激情。在他那里，总像是有一种诉说不完的凄苦哀怨之情，且他的言事抒情又常常用女子口吻。因此，明人钟惺说他的诗"婉娈细秀，有公子气，有文人气"（《古诗归》）。而这也使他的乐府诗具有了个性化和抒情化的特色。

曹丕《燕歌行》是现存最早最完整的七言乐府诗，在七言诗的发展史上具有重要地位。在此之前，《诗经》基本是四言体，偶尔也有七言句，但为数很少。《楚辞》是楚歌体，有七言句，但多数都带有"兮"字，与七言诗句格式、韵味不同。尽管汉乐府中产生过许多七言句式，如唐山夫人《房中歌》有："大海荡荡水所归，高贤愉愉民所怀。"《薤露行》中有："露晞明朝更复落，人死一去何时归？"《蒿里行》中有：

“鬼伯一何相催促，人命不得少踟蹰。”但这些七言句式都是与其他句式夹杂出现，整首诗并非纯粹的七言之作。两汉四百年间，常被人们提到的全篇由七言句构成的作品，分别是汉武帝时的君臣联句《柏梁台诗》和张衡的《四愁诗》。前者出于后代小说，漏洞很多，原不可信。后者尽管是完整的七言诗，但该诗第一句还都带着一个“兮”字，拖着一条楚歌的尾巴。更为重要的是，这两首诗都不是乐府诗。因此，真正摆脱了楚歌形式的羁绊，是完整的七言形式，且是乐府诗的作品，就不能不说是曹丕的《燕歌行》了。

曹丕《燕歌行》树立了抒写夫妻离别、相思主题的范式，后人多学他以《燕歌行》曲调作闺怨诗。继曹丕之后，魏晋南北朝还有魏明帝、陆机、谢灵运、谢惠连、梁元帝、萧子显、王褒、庾信八位诗人作过同题诗，但所作都未脱开曹丕确立的这一主题。直到唐代高适《燕歌行》的出现，才有了大的变化。高适《燕歌行》将视线从闺阁移至了塞漠，主旨是谴责在皇帝鼓励下的将领骄傲轻敌，荒淫失职，造成战争失败，使广大兵士遭受极大的痛苦和牺牲。诗歌写的是边塞战争，但重点不在民族矛盾，而在同情广大兵士，讽刺不体恤兵士的将军。在这样的主题中他又自然而然地融入了征夫思妇相思离别之情的抒写。用《燕歌行》曲调写时事，写边将生活，高适是第一个。他的大胆尝试获得了巨大成功，他的《燕歌行》成为边塞诗和乐府诗中共同的名篇！这是高适的创造，也是他对曹丕《燕歌行》的突破和创新。

7　白马英雄的理想之歌——曹植《白马篇》

郭沫若说，子建最有成绩的是他的乐府诗和五言诗。事实确实如此。在曹魏文士中，曹植的乐府诗最负盛名，数量也最多。

在曹植的乐府诗中，出现了大量以“篇”为题的作品，如《名都篇》《美女篇》《白马篇》《远游篇》《仙人篇》《飞龙篇》《磐石篇》《驱车篇》《种葛篇》等，这些乐府诗都是以歌辞前两字加“篇”为题。然而，以“篇”命名乐府却并不是曹植的首创。

最早以“篇”名题，当始于汉代铎舞曲辞。《宋书·乐志》说：“《铎舞》歌诗二篇。《圣人制礼乐篇》：昔皇文武邪……其圣乌乌武邪。”而大量以“篇”为题则主要出现在曹魏时期。这种现象的出现与两方面原因有关：一是歌辞的命名方式；二是曹魏时期乐府诗创作的风气。对一首乐府歌辞而言，从音乐上进行完整命名应该包括三部分：调类名、曲名、歌辞名。“篇”指的就是歌辞名。曹魏时期，乐府诗中大量出现“篇”题，还与当时乐府诗创作风气有关。曹魏以来依照汉代乐府旧曲创作新辞成为一种风尚，在一首曲调有多篇歌辞的情况下，就产生了在曲名下注明歌辞名称以示区分的必要，“篇”题乐府诗就是这样出现的。可以说，“篇”题乐府诗的大量出现是乐府诗史上兼顾音乐性和文学性进行创作的产物。

曹植的生活和创作，以建安二十五年（220）为界，分为前后两期。

曹植自幼聪颖，十余岁便会写文章，能诵读辞赋数十万言，出言为论，落笔成文，深得曹操宠爱。曹植跟随曹操征战，打过不少胜仗。曹操曾经认为曹植在诸子中最可定大事，几次想立他为太子。这一时期的曹植，少年得志，充满理想，抱负远大。在邺城安定的生活环境中与众多文人宴饮赋诗，不及世事，日子过得快乐而随性。所以他前期的乐府作品多写他安逸的生活和建功立业的抱负，以慷慨激昂、任气使才为主，基调开朗豪迈。

正当曹植恣意欢谑，雄心满怀时，却在世子之争上败下阵来。建安二十二年（217），曹丕被立为世子。建安二十五年，曹操病逝，曹丕继任魏王，不久称帝。曹植从此备受曹丕迫害，生活发生了翻天覆地的变化。曹丕在即位之初，就着手铲除曹植羽翼，杀掉了支持曹植的丁仪、丁廙兄弟。曹植也险些遇害，最终依靠他们共同的母亲卞太后的援救才得以活命。虽然性命得以保全，曹丕对他的折磨却更为变本加厉，对他的监控也更加严格。他被再三改封，居处不定，所给都是老兵，且不过几百人。外出射猎，不许越出封邑 30 里。兄弟隔绝，不许与诸侯王往来。曹植过着名为藩侯，实同囚徒的悲惨生活。这样的生活，不止悲惨，而且危险。从《七步诗》的创作背景最能看出曹植岌岌可危的处境。

曹植作《七步诗》时的处境与他前期备受曹操宠爱、意气风发的贵公子生活相比简直形同天壤。终于，七年后，曹丕病逝了。曹植满以为噩梦一般的生活可以自此结束，他又能实现他的政治抱负了。这样的想法直到曹丕的儿子明帝曹叡即位后还一直在曹植心里盘旋，所以他满怀报国理想，上书给他的侄儿明帝要求自试。然而，这样的举动反而引起了明帝的猜忌，所受打击较曹丕时有增无减。残酷的现实击碎了曹植的幻想，他彻底绝望了。太和六年（232）十二月二十七日，曹植郁郁而终，在最后的封地陈郡结束了他充满荣光而又饱尝辛酸的人生。

因为有着这样的人生经历，所以曹植后期乐府诗主要以抒写个人不幸为主，一改前期乐府诗豪迈乐观的情调而为沉郁悲凉。

从具体篇目看，曹植前期乐府诗主要有《箜篌引》《名都篇》《白马篇》《美女篇》等，后期乐府诗主要有《怨诗行》《妾薄命》《种葛篇》《吁嗟篇》等。其中，《白马篇》是曹植前期的代表作品，全诗抒发渴望为国家建功立业的理想抱负，洋溢着浓郁的青春气息：

白马饰金羁，连翩西北驰。借问谁家子，幽并游侠儿。少小去乡邑，扬声沙漠垂。宿昔秉良弓，楛矢何参差。控弦破左的，右发摧月支。仰手接飞猱，俯身散马蹄。狡捷过猴猿，勇剽若豹螭。边城多警急，虏骑数迁移。羽檄从北来，厉马登高堤。长驱蹈匈奴，左顾凌鲜卑。弃身锋刃端，性命安可怀？父母且不顾，何言子与妻！名编壮士籍，不得中顾私。捐躯赴国难，视死忽如归。

诗中塑造和歌颂了一位武艺高强又富有爱国精神的白马英雄形

象。这位英雄，年纪轻轻就离开家乡，骑上佩戴着金色络头的白马向西北边塞奔驰而去，到那里去大显身手，建立功勋。他苦练了一身好武艺，楛木箭和强弓从不离身，拉弓射击能箭箭射中靶心。动作灵巧敏捷赛过猿猴，勇猛剽悍如同豹螭。一听到北方边境侵略者进犯、军情紧急的消息，他便急忙纵马跃上高堤。他一心想的就是为国献身，跟随大军奋勇杀敌，冲锋陷阵，平定匈奴，扫灭鲜卑，毫不顾惜家小和个人安危。

诗中的白马英雄，既是诗人的自我写照，又凝聚和闪耀着建安时期的时代光辉。如果说曹操《龟虽寿》是一位幽燕老将的“壮士之歌”，那么，《白马篇》则是一位少年英雄的“理想之歌”。

在曹植《白马篇》之后，唐代诗人李白也写了一首同题诗：

> 龙马花雪毛，金鞍五陵豪。秋霜切玉剑，落日明珠袍。斗鸡事万乘，轩盖一何高。弓摧南山虎，手接太行猱。酒后竞风采，三杯弄宝刀。杀人如剪草，剧孟同游遨。发愤去函谷，从军向临洮。叱咤经百战，匈奴尽奔逃。归来使酒气，未肯拜萧曹。羞入原宪室，荒淫隐蓬蒿。

李白《白马篇》塑造了一个武艺高强、报国杀敌、功成退隐的侠客形象。他出身高贵，剑如秋霜，袍饰明珠，艺高胆大，堪与名侠剧孟比肩。他虽身经百战，威震胡虏，但功成后又任性嗜酒，不肯俯身下拜萧何、曹参之类的高官，而是隐居于草野之间。显然，这首诗上承曹植《白马篇》精神而来，但又突出了与白马英雄不同的侠客形象，表达了不肯摧眉折腰事权贵的铮铮傲骨，体现了李白独有的个性特征和盛唐特定的时代色彩。

8　汉地胡关丹青误——石崇《王明君》

石崇，字季伦，小名齐奴，生于青州，祖籍渤海南皮（今河北南皮县）。西晋司徒石苞的第六子。石崇年少聪慧，勇而有谋。功臣之子的出身和杰出才华，使他很受晋武帝器重，出仕后先后担任修武县令、散骑侍郎和城阳太守，后因参与晋灭吴之战而封安阳乡侯，并一直升迁至散骑常侍、侍中。晋惠帝继位后以杨骏为太傅辅政，而杨骏却大开封赏，以图换取朝中官员的支持。石崇与散骑郎何攀一同上书弹劾，意见未被采纳，因此出为南中郎将、荆州刺史，领南蛮校尉，加鹰扬将军。

石崇像

石崇被贬荆州后常常抢劫路过此地的商旅，因此家财丰积。富裕之后，他的生活极度奢侈：日常饮食使用的都是各种珍贵食材。所居屋室装修得华丽宏伟，就连家中厕所都常备着去味的香料甲煎粉和沉香汁，而且设有绛纱大床，常有十多个美貌侍婢列侍。石崇拥有姬妾数百人，个个披锦戴绣，珠光宝气。他蓄养着家庭乐队，这些伎乐所用乐器都是当时最好的。石崇还在洛阳建有金谷园，作为享乐之地。

如果说这些对石崇奢华生活的描述仍嫌过于平面化，那石崇与富豪王恺斗富的故事就足够生动具体地展现他的敌国之富。石崇听说王恺家中洗锅用饴糖水，就命自家厨房用蜡烛当柴烧。王恺为了炫富，在自家门前大路两旁，用紫丝编成屏障，夹道 40 里。石崇听闻后则用更贵重的彩缎铺设屏障 50 里。晋武帝把宫里收藏的一株两尺多高的珊瑚树赐给王恺，石崇看到后用铁如意打碎了这株珊瑚树。王恺气极，与之理论，石崇命人悉数取出自己的珊瑚树，有高三四尺者六七株，每株都大于王恺的珊瑚树。王恺终于无话可说。由此可以想见，石崇的巨富恐怕就连拥有一国财富的帝王也只有自叹不如的份了！

石崇有巨财而无士行。他曾与潘岳一同献媚取宠于当政皇后贾南风的外甥贾谧，并与和他同以文才降节侍奉贾谧的陆机、陆云、欧阳建等 24 人并称“二十四友”。据记载，贾南风之母广城君郭槐每次外出，石崇都停车在路边送行，更在郭槐的车子驶走时向车尾下拜。由此可见其品行之一斑。

石崇有一家伎名叫绿珠，美艳善吹笛，很得石崇喜爱。永康元年（300），赵王司马伦诛除贾氏，石崇作为贾氏党羽被免去官职。赵王司马伦的亲信孙秀独掌大权，他垂涎绿珠美色，遣使请石崇相赠，石崇没有答应，孙秀因此怀恨在心。不久，孙秀就诬称石崇与淮南王司马允合谋讨伐司马伦，于是矫诏命人收捕石崇。石崇当时正在金谷园楼上宴客，知道后对绿珠说："我今天因你而获罪。"绿珠流泪道："妾当效死君前。"于是跳楼而亡。石崇被捕后，被押往东市处死，时年52岁。

石崇所作乐府诗《王明君》是歌咏昭君出塞的故事。

王昭君，本名嫱，字昭君，出生于西汉南郡秭归（今湖北省兴山县）的普通民家。建昭元年（前38），汉元帝下诏征集天下美女以充后宫，王昭君被选入宫。汉元帝后宫妃嫔很多，不得常见，就让画工把她们的相貌画下来，按照画上的美丑召幸。于是，宫女们都去贿赂画工希求他们妙笔生花，多的给十万钱，少的也不下五万钱。在画工中，有个叫毛延寿的最为有名，众宫女中只有王昭君不肯行贿于他，所以毛延寿特意将其丑化，以泄其恨。王昭君因此入宫数年，不得见御。正当她在汉宫默默无闻时，一件政治外交事件改变了她的一生。这要先从汉朝最大的敌人——匈奴说起。

汉宣帝时，匈奴发生内乱，五单于分立。其中的呼韩邪单于被别的单于打败后逃到汉廷，向汉宣帝称臣，得到了汉宣帝的盛情款待。汉宣帝驾崩后，他的儿子刘奭即位，是为元帝。公元前33年，呼韩邪单于再次来到长安，这次他提出了和亲的要求。于是汉元帝决定挑选五名宫女赐给他。宫女们在皇宫犹如鸟在樊笼，原本都想出去，但一听是去遥远的塞外荒漠，个个唯恐避之不及，只有不甘做白头宫女的王昭君毅然请命，自愿前往匈奴和亲。

"昭君出塞"是汉匈交往史上的大事，《汉书·匈奴传》和《后汉书·南匈奴传》都记载了这件事，其中以

《后汉书》的记载尤为绘声绘色。据载，呼韩邪单于临辞大会，汉成帝召五女以示之，王昭君“丰容靓饰，光明汉宫，顾影徘徊，竦动左右”。单于一见大喜，元帝一见大悔。但邦交事大，不好毁弃前言，只得无奈应从。元帝赏昭君锦二万八千匹，絮一万六千斤，以及大量黄金珠宝、五谷种子、农具等，以壮行色。昭君出塞后，元帝盛怒，处死众多画工，以解其恨。

这就是昭君出塞的故事，也是石崇《王明君》诗的本事。晋时为避晋文帝司马昭讳，改“昭”为“明”，所以石崇这首乐府诗题为《王明君》。石崇写道：

> 我本汉家子，将适单于庭。辞诀未及终，前驱已抗旌。仆御涕流离，辕马悲且鸣。哀郁伤五内，泣泪沾朱缨。行行日已远，遂造匈奴城。延我于穹庐，加我阏氏名。殊类非所安，虽贵非所荣。父子见凌辱，对之惭且惊。杀身良不易，默默以苟生。苟生亦何聊，积思常愤盈。愿假飞鸿翼，弃之以遐征。飞鸿不我顾，伫立以屏营。昔为匣中玉，今为粪上英。朝华不足嘉，甘与秋草并。传语后世人，远嫁难为情。

《王明君》属乐府相和歌中的吟叹曲。《旧唐书·音乐志》说：汉人因怜昭君远嫁匈奴，为作此歌，原辞失传，石崇是依旧曲作新辞。

这首诗通过王昭君远嫁匈奴的种种遭遇和幽怨哀伤，抒发了诗人对晋王朝无力抵御外辱的愤慨。诗开篇两句就将王昭君出自汉家、远嫁异域进行对比，为整首诗定下了哀伤悲凉的基调。进而抓住昭君登车将行之时的细节进行描写，诀别的话还没说完，远嫁的前驱车辆就已举起了启程的旌旗。仆从马夫都痛哭流涕，就连驾辕的马儿也悲哀的嘶鸣。此情此景，让昭君更加悲伤欲绝，不由落泪沾湿朱缨。昭君抵达匈奴以后，当上了呼韩邪单于的阏氏，住的是与汉宫迥异的蒙古包。呼韩邪单于死后，他的第一任妻子所生长子雕陶莫皋继任单于。依匈奴“父死妻其后母”的习俗，昭君又改嫁雕陶莫皋，仍为阏氏。尽管从匈奴的习俗来看，这应是很高的礼遇。然而对于深受汉家礼教文明教养的昭君而言，虽然身份显贵却并不是什么荣耀，尤其是连作两代单于之妻简直称得上是遭到凌辱。面对这样的遭遇，她既感惭愧，又觉惊恐，以致难以忍受。长期的荒漠生活，让昭君倍增思乡之情。她欲死不能，只能默默忍耐。而这种百无聊赖的苟活，又让她常常忧思郁积。她极度的孤独寂寞，仰望着那荒漠草原上东去夏来的大雁，心中倍感艳羡，她多么想借着大雁的翅膀，远离这孤苦的生活回到家乡。可那南飞的大雁却并不顾惜她，无奈的昭君只好久久地在荒漠上彷徨。自由翱翔于蓝天的大雁，映衬着身陷殊类的昭君，此情此景，怎能不催人泪下？而诗里“匣中玉”与“粪上英”的鲜明对比，又进一步突出了昭君客居异乡的痛苦。昭君痛切地感叹：朝华不足嘉，甘与秋草并。在异域作清晨开放的花朵都不值得赞美，只要能回到汉家，哪怕生活在秋草之中也是心甘情愿的。这是昭君思乡心切的肺腑之声！在石崇所处的晋王朝，边患频仍，朝廷对匈奴等外族也无力控制。诗末“传语后世人，远嫁难为情”就是在告诫后世，依靠远嫁和亲并不能解决民族矛盾，从而揭示了造成昭君悲剧人生的社会原因。

石崇《王明君》是较早出现的以昭君出塞为题材的乐府诗。继石崇之后，唐代诗人李白、杜甫、白居易、李商隐、张仲素，宋代诗人王安石，元代诗人耶律楚材，近现代董必武、郭沫若、曹禺、田汉、翦伯赞、费孝通、老舍等作家学者都有围绕这一题材的作品问世。历代以来的昭君题材文学创作在体裁上也不拘于诗，元杂剧《汉宫秋》、明传奇《和戎记》和杂剧《昭君出塞》、清章回小说《双凤奇缘》等都以各不相同的创作方式演绎着这一故事。

9 亡国之音《后庭花》——陈后主《玉树后庭花》

《后庭花》全称《玉树后庭花》。郭茂倩将其收入《乐府诗集·清商曲辞》中，歌辞写道：

> 丽宇芳林对高阁，新妆艳质本倾城。映户凝娇乍不进，出帷含态笑相迎。妖姬脸似花含露，玉树流光照后庭。

《玉树后庭花》的创调者和最早的词作者都是南朝最后一位君主陈后主，所以它就与这位亡国之君有了与生俱来的关联，因此也就带着一个与亡国有关的本事。这得先从陈后主的贵妃张丽华说起。

张丽华自幼家境贫寒，父兄以织席维持生计。陈叔宝做太子时，张丽华被选入宫中，当时她年仅十岁，作了良娣龚贵嫔的侍女。张丽华长相上最大的特点是发长七尺，乌黑如漆，光亮照人。此外，她聪明灵慧，举止闲雅华贵，容色端庄秀丽。陈叔宝对她一见钟情，视为至宝，从而得到临幸。张丽华共为陈叔宝生了两个儿子。太建七年（575），生下第四子陈深。几年之后，又生下第八子陈庄。太建十四年（582），陈宣帝陈顼去世，陈叔宝即位，史称陈后主，封张丽华为贵妃。张丽华所生的两个儿子也因为母亲受宠的缘故，特别受到陈叔宝钟爱。至德四年（586），陈庄被封为会稽王。祯明二年（588），陈叔宝废黜原皇太子陈胤，立陈深为皇太子。

陈叔宝对政事十分怠惰，百官的奏章，都要通过太监蔡临儿、李善度呈递，他自己倚着靠枕，让张丽华坐在膝上共同决定天下大事。张丽华有着敏锐的才辩和过人的记忆力，蔡临儿、李善度记不住的，张丽华都能写成条款，无所遗漏。因为参与访察宫外事务，所以民间有一言一事，张丽华必定首先知道并且告诉陈叔宝，由此她更加受宠，恩宠一时冠绝后宫。

陈后主除宠爱张丽华之外，还有龚贵嫔、孔贵嫔、王李二美人、张薛二淑媛、袁昭仪、何婕妤、江修容等一众妃嫔。为了与众妃嫔享乐，至德二年（584），陈后主在光昭殿前建造了“临春”“结绮”“望仙”三阁，三阁高耸入云，装饰极尽奢华，宛若人间仙境。陈后主自居临春阁，张丽华住结绮阁，龚孔二贵嫔同住望仙阁。三阁都有凌空衔接的复道可以相互往

陈后主与皇太子陈深

来。张丽华等或盛妆临窗，或凭栏而立，衣袖随风飞舞，飘飘然如仙女下凡。

陈后主不喜理政，却特别喜爱艳辞，每日多在宫中与张丽华等游宴。他在设宴时，常把江总、陈暄、孔范、王瑗等一众文学侍从召进宫来，饮酒赋诗听曲。在这些文臣所作辞中选出特别艳丽的句子配曲，挑选有容色的宫女数千人，让她们一轮轮地演唱。君臣酣歌，自夕达旦，以此为常。《玉树后庭花》就是陈后主在这时写给张丽华的。歌辞主要形容张丽华等嫔妃们的容貌娇娆媚丽，堪与鲜花比美竞妍。郭茂倩《乐府诗集》在《玉树后庭花》题解中引《五行志》说这首歌辞中有“玉树后庭花，花开不复久”的哀愁意味，时人都认为这是歌谶，是即将亡国的征兆。

其实，亡国的征兆早就出现了。早在陈后主即位的前两年，北周杨太后的父亲、丞相杨坚废掉了北周幼帝周静帝宇文衍，自立为帝，国号为隋。杨坚大举任贤纳谏，轻徭薄赋，整饬军备，消除奢靡之风。随时准备占领江南富饶之地，处心积虑地要灭掉陈朝，削平四海，完成统一大业。开皇八年（588）三月，杨坚发兵50余万人，由晋王杨广统领，分进合击，直指陈朝都城建康。晋王杨广由六合出发，秦王杨俊由襄阳顺流而下，清合公杨素由永安誓师，荆州刺史刘思仁由江陵东进，蕲州刺史王世绩由蕲春发兵，庐州总管韩擒虎由庐江急进，其他还有吴州总管贺若弼、青州总管燕荣也分别由庐江、东海赶来会师。

隋军陈师江北，一江之隔的南朝小朝廷危在旦夕。陈后主却深居高阁，花天酒地，不闻外事。沿边州郡将隋兵入侵的消息飞报入朝，朝廷上下都不以为意，只有仆射袁宪请求出兵抵御，后主却不予采纳。待到隋军深入，州郡相继告急，后主依旧奏乐侑酒，赋诗不辍，而且还自认为建康是王气之所在，齐兵、周师三番两次攻打，无不惨败而去。以孔范为代表的一众大臣也都应声附和，认为长江天险阻隔南北，杨坚军队岂能飞渡过江？在军事形势如此紧急的情况下，陈后主君臣居然能如此自我安慰，全然无视杨坚的勃勃雄心。结果，隋兵渡江，如入无人之境。沿江守将，望风尽走。隋军很快攻破了建康。

隋军兵临城下，陈朝大臣四散奔逃，陈后主身旁只有仆射袁宪一人守候。后主惊慌失措中意欲避匿，袁宪劝他仿效梁武帝见侯景故事，正衣冠，御正殿，会见韩擒虎。后主不从，自言“吾自有计”，遂奔至后堂景阳殿，与张丽华、孔贵嫔三人，同入枯井躲藏。最先进入朱雀门的庐州总管韩擒虎本期望率先入宫抓住陈后主，立下头功。不想进宫一看，宫中空空如也，后主不知去向，当即下令全面搜查。陈朝的后宫佳丽都已列在景阳殿前听候发落，其中却不见了张丽华与孔贵嫔。韩擒虎遍搜宫苑，一无所获。最后只剩下后花园中的枯井，兵士向井中窥视并大声喊叫，井下无人回答。兵士中有人建议落井下石，这时井中忽然传来讨饶声。于是兵士用粗绳系一箩筐坠人井中，众人合力牵拉，觉得十分沉重，等到拉上一看，才发现陈后主、张丽华、孔贵嫔三人，紧紧抱在一起坐于箩筐之中。据传由于井口太小，三人一齐挤上，张丽华的胭脂擦在了井口，从此这口井便被叫做“胭脂井”。但也有人不齿陈后主与张丽华、孔贵嫔所为，把它叫做“耻辱井”。

隋军统帅晋王杨广素慕张丽华的美貌，私下叮嘱先行入城负责收图籍、封府库的高颎道：“你进入建康，一定要找到张丽华，千万不要伤她性命。”高颎进言说：“周武王灭殷商后，杀死了妲己。如今您平定了陈朝，也不应该留下张丽华。”于是高颎下令在青溪杀死了张丽华。一说杨广令人在清溪旁将张丽华处斩。

陈朝的灭亡，意味着长达近四百年的魏晋南北朝时期宣告结束，中国封建社会进入了大一统的隋王朝。

陈后主被俘后，也于隋仁寿四年（604）病死于洛阳，时年 52 岁。

陈后主的经历，让人忍不住感慨唏嘘，不由心生许多假设。假设陈后主能够及早防备，隋军不见得就能轻而易举渡过长江天堑；假设守城军士能够齐心协力，隋军又岂能不战而屈人之兵？……无奈陈后主只是一个不谙军事、热衷诗文的风流才子，而非文武兼备、雄才大略的神武明王。也许在陈后主的眼里，做诗度曲才是他的主业，治理国家不过是不得已而偶为之的副业而已。因此他才会在隋军大举进攻时，仍在宫中自得其乐地听唱《玉树后庭花》；才会在隋军杀入宫中时，完全忘却皇帝的起码尊严躲进枯井以求偷生。真正是造化弄人，将一个风流才子硬生生地安顿在了至尊帝王的宝座上。这是陈后主的悲哀，也是陈王朝的悲哀！

陈后主在位前后仅短短七八年时间，《玉树后庭花》在宫中盛行的过程也正是陈王朝走向灭亡的过程。因此，这首辞轻荡、音哀伤的《玉树后庭花》，遂被称为亡国之音。

与这个短命的王朝相比，《玉树后庭花》显然要幸运得多，直到唐代仍有流传。初唐武则天时，宫廷表演曲目中还有《玉树后庭花》。直至晚唐，诗人杜牧行至六朝旧都金陵歌舞繁华之地秦淮河，深夜泊舟河畔，听见岸上歌女在月下高唱陈后主《玉树后庭花》，歌声凄婉，气韵幽怨。于是他有感时代兴衰，作诗一首，题为《泊秦淮》：

烟笼寒水月笼沙，夜泊秦淮近酒家。商女不知亡国恨，隔江犹唱《后庭花》。

杜牧即景感怀，由陈后主的荒淫误国联想到江河日下的晚唐命运，含蓄地表达了对历史的深刻思考和对现实的深切忧思。

时光流转，沧海桑田，陈王朝早已随着隋军的铁蹄灰飞烟灭，成了永久的历史记忆。然而，诞生在这个王朝的《玉树后庭花》和它所承载的陈后主与张丽华的故事，直至今日却仍然惹人遐思不已……

10 代父从军的巾帼颂歌——《木兰诗》

《木兰诗》又称《木兰辞》，是南北朝时期一首叙事长诗。郭茂倩将其收入《乐府诗集·横吹曲辞》中。《木兰诗》讲述的是木兰女扮男装，代父从军，在战场建立功勋，还朝后不愿做官，但求回家团聚的故事。诗中热情赞扬了这位奇女子勤劳善良的品质、保家卫国的热情、英勇战斗的精神和端庄从容的风姿。诗中不仅反映了北方游牧民族普遍的尚武风气，更表现了北方人民对战乱的厌恶和对和平安定生活的向往。同时，诗歌通过对木兰的讴歌，也在一定程度上冲击了封建社会重男轻女的偏见。

《木兰诗》的创作年代和木兰其人，历来众说纷纭。其中以明人胡应麟的看法较具代表性。胡应麟在《诗薮》中考证《木兰诗》的产生年代说："晋明世，柔然社仑始称可汗，此歌出晋人手，愈无可疑。盖宋齐以后，元魏入帝中华，柔然屏居大漠，与黄河黑山道里悬绝。惟东晋世，五胡扰乱，柔然拓跋相互攻幽冀间，故诗人历叙及之。世之疑木兰者，率指摘'可汗'二字，不知此歌得此证佐益明，亦一块也。"胡应麟用诗中称呼判定作品产生年代，很具有说服力。现代学者的观点主要有以下几种。

北魏说。有学者通过比较1980年7月30日在内蒙古呼伦贝尔盟阿里河镇发现的嘎仙洞石室及太平真君四年（443）的摩崖祝文与《木兰诗》，发现这两篇作品中对君主的称呼都有既称可汗（可寒）又称天子的情况，是其他文献所罕见的，而且石刻与《木兰诗》都没有标题，可以推知都是主人公自写。在此基础上，再结合北齐魏收所著《魏书·世祖太武帝纪》《食货志》等文献，参照《魏官氏志》《北朝姓氏考》中的相关史料，认为木兰确有其人，本名穆兰，穆是鲜卑族姓。《木兰诗》从木兰的生活实际出发，真实客观地描绘了北魏王朝在太武帝统一北中国最后12年间的军事、政治、经济、社会道德、人物风貌等方面的情况，是一首英雄史诗。

隋代说。有学者根据新编《虞城县志·木兰传》，结合多种地方志及元代《孝烈将军祠像辨正记》、清代《孝烈将军祠辨误正名记》等碑志记载，认为木兰姓魏，是隋代营廓镇人。《木兰诗》是木兰本人对她代父从军事迹的叙述。现存《木兰诗》很可能经过了后世文人的加工润色。

初唐说。有学者从《木兰诗》文本出发，仔细考察兵制、名物、语言、音韵等方面的文史资料，发现唐前未见文学作品提到木兰而盛唐后却有许多诗作涉及木兰，从中可以看出《木兰诗》的影响。而且，郭茂倩《乐府诗集》引陈释智匠《古今乐录》称盛唐时期浙江西道观察使兼御史中丞韦元甫曾续作《木兰诗》，续作中又提到不少木兰征战经过的地名，这些地名恰好和唐初与吐蕃的几次战争相吻合。由此可以认定《木兰诗》产生于初唐高宗时代或稍后，木兰生活在唐初。

由于没有新材料发现，《木兰诗》的创作年代及木兰其人至今仍然多说并存，难成定论。尽管如此，这却并不影响它的艺术魅力和它在乐府诗史上的崇高地位。

《木兰诗》作为乐府诗，在艺术上有很多值得称道的地方，最值得注意的是它在体式上的特点。体式是与形式、体裁等有关系，又有很大不同的文学概念。从文本角度来看，体式是体裁特征；从音乐角度看，体式又是音乐特征。这里所谓体式，是指一首乐府诗的音乐特点在文本上的显现。乐府诗的体式主要体现在剧语、乐语、套语、构件、句度、声律六个主要方面。《木兰诗》在体式上的特点主要体现在构件上，表现在诗中就是固定的言说顺序和言说方式。固定的言说顺序如诗中按东、西、南、北的方位叙述木兰出征前购置行装的过程道："东市买骏马，西市买鞍鞯，南市买辔头，北市买长鞭。"按爷娘、阿姊、小弟的次序叙述木兰得胜归家后的情形道："爷娘闻女来，出郭相扶将。阿姊闻妹来，当户理红妆。小弟闻姊来，磨刀霍霍向猪羊。"除固定的言说顺序以外，《木兰诗》中还有一些固定的言说方式。其中有“问答式”，如诗中描写木兰出征前的心理活动道：“问女何所思，问女何所忆，女亦无所思，女亦无所忆。”前两句与后两句显然构成了明确的问答对话。也有“重复式”，如诗中木兰在行军途中的见闻道：“旦辞爷娘去，暮宿黄河边。不闻爷娘唤女声，但闻黄河流水鸣溅溅。旦辞黄河去，暮至黑山头。不闻爷娘唤女声，但闻燕山胡骑鸣啾啾。”就以重复的句式，写木兰踏上征途，马不停蹄，日行夜宿，离家越远思亲越切的心理感受。总之，《木兰诗》在体式上的这些特点，给了读者一定的心理预知，可以让他们由部分预知到整体，从而被他们所喜闻乐见。

《木兰诗》的艺术技巧和思想内容，不仅在后世获得了高度评价，而且也产生了深远影响。

在诗歌创作上，《木兰诗》中的很多表现手法就被后人所借鉴和继承。盛唐韦元甫曾仿照原作续作了一首《木兰诗》，被郭茂倩《乐府诗集》收入《横吹曲辞》中。其实，早在韦元甫续作《木兰诗》之前，杜甫《草堂》描写迁居草堂的欢欣情景就已明显汲取了《木兰诗》描述全家欢迎木兰归来的写作手法，其中写道：“旧犬喜我归，低徊入衣裾。邻舍喜我归，酤酒携胡芦。大官喜我来，遣骑问所须。城郭喜我来，宾客隘村墟。”其他如元稹《估客乐》中“出门求火伴，入户辞父兄”与《木兰诗》中“出门看火伴，火伴皆惊忙”相似。白居易《戏题木兰花》中“怪得独饶脂粉态，木兰曾作女郎来”与《木兰诗》中“同行十二年，不知木兰是女郎”类同。所有这些，都说明《木兰诗》已经成为文人诗歌创作的榜样。

在现实生活中，《木兰诗》所塑造的木兰这一巾帼英雄形象也被大众所喜爱。早在宋代，黄州黄冈县就有木兰山、木兰乡、木兰庙。此后，安徽亳州、河南商丘、河北完县等地，也都曾立庙供奉木兰。直到今天，银幕上的木兰形象仍然激励着人们的爱国热情。

11 游牧民族的草原赞歌——《敕勒歌》

敕勒川，阴山下。天似穹庐，笼盖四野。天苍苍，野茫茫，风吹草低见牛羊。

这首乐府诗题为《敕勒歌》。《敕勒歌》是敕勒族人对养育自己的这片土地的深情赞歌，它用最简洁质朴的语言勾勒出一幅北方游牧民族的生活画卷：阴山脚下是一望无际的敕勒川。敕勒川的天空四面与草原相连，看起来好像牧民们的毡帐一般。蓝天下的草原翻滚着绿色的波澜，那风吹草低处有一群群肥滚滚的牛羊时隐时现……

多么美丽的草原！多么优美的诗！然而，与这般优美的诗相关联的，却是一个与战争有关的本事。

东魏武定四年（546）十一月，孝静帝命丞相高欢率军攻打西魏丞相宇文泰驻守在玉壁的部队。然而出师不利，兵士伤亡惨重，高欢因此忧愤成疾，卧病晋阳。这时，西魏玉壁守将韦孝宽又乘机散布谣言，称高欢中箭在身。东魏一时军心浮动，士气低落。为了破除谣言，稳定军心，高欢勉强打起精神召集当朝显贵举行宴会，命老将军斛律金唱《敕勒歌》，并亲自和唱，哀感流涕。这支败北之师，听了斛律金苍劲悲壮、慷慨激昂的歌唱，立即产生了强烈共鸣，士气为之大振。

《敕勒歌》这样短短一首歌，为什么在战败时演唱能产生如此强大的效果呢？这还得从歌辞内容中寻找答案。从歌辞中可以看出，《敕勒歌》所选取的景物是草原上最具代表性的景物：巨大的河川，连绵的山脉，无尽的苍穹，广阔的草原，茂盛的牧草，肥美的牛羊。这按景物的天然序列自然排列组合的草原，就是游牧民族的聚居之地，他们对这样的生活场景有着源自血脉的深挚情感。在古朴混沌的天地之间，游牧民族与草原是完全融为一体的。而这样一些具有典型性的草原景物，恰恰击中了游牧民族情感中那最柔软、最易被感动的触点。所以，当诗人就站在这青山绿水、蓝天碧野的天地之间，以宇宙间极微小的一分子来赞颂养育他的大草原。试想，之于这苍茫辽阔的天地而言，诗人怎能不自感渺小？又怎能不激起想要与这美丽大草原同在的求生意识并进而萌发保护美丽草原、保卫美好家园的献身意识？而这最原生态的生存意识，又怎能不让诗歌染上苍凉悲壮的情感色彩？在这样的基础上，就不难理解高欢在战争危难之际令人唱《敕勒歌》的用意了。

这首歌的歌辞，如今可见的最早记载是郭茂倩《乐府诗集·杂歌谣辞》所录《敕勒歌》，共七句二十七字，长短参差不齐。郭茂倩在解题中引宋人沈建《乐府广题》说，《敕勒歌》本是鲜卑语，易为齐言，所以长短不齐。这种认为《敕勒歌》是鲜卑语的说法到元代就遭到了质疑。元人胡三省认为，敕勒和鲜卑属于完全不同的两个种族。现代很多学者也都沿着这一思路考察过《敕勒歌》的语言。日本学者小川环树认为，《敕勒歌》这种“六、八、六、七”的句式与突厥民歌形式非常相似，而突厥语与敕勒语又是一脉相承的，都是丁零语族的后裔。吕思勉也认为，突厥和回纥都是敕勒的分部。从这些讨论可以看出，敕勒与突厥使用同一种语言是学者所公认的。因此，可以肯定，《敕勒歌》是敕勒族的本族语言敕勒语，而不是鲜卑语。然而，《敕勒歌》又存在一个语言转换的问题。

北魏孝文帝改革之前，北方各民族的语言同时存在，孝文帝改革以后，北方各民族语言逐渐向汉语转化。随着北方各民族与汉族在政治、经济方面交往的增多，汉语的使用率和普及率也越来越高。所以，可以推断，斛律金演唱《敕勒歌》时的语言，应该是汉语。而且从《乐府广题》中《敕勒歌》“易为齐言”的记载可以看出两点：第一，这首歌至少在高欢控制下的东魏时期就已经译成了汉语；第二，在译成汉语之前是整齐的敕勒语句式，译成汉语之后就变成了现在参差不齐的汉语句式。从歌者的情况看，据《北史》记载，斛律金在他的高祖倍候利时就已随道武帝拓跋珪附魏，他主要生活在魏孝文帝推行汉化政策以后，是汉化了的敕勒人。他用汉语演唱自然是不成问题。高欢本身就是汉人，所以才能在斛律金演唱时用汉语和唱。而《敕勒歌》的汉语歌辞也因为他们的演唱流传更广。

《敕勒歌》在众多以边塞为描写对象的诗歌中具有典型意义。惯常诗人描写边塞总脱不开荒寒艰苦、征人思妇主题的藩篱。而《敕勒歌》却另辟蹊径，用最自然纯朴的语言，从讴歌欣赏的视角，向人们打开了一幅塞外日常生活美景。这样的边塞，不仅不会让人心生畏惧，反倒让人神往不已。从这个层面讲，《敕勒歌》所树立的这种描写范型，是具有启发性的。

《敕勒歌》以其杰出的艺术成就在后世赢得了广泛的高度评价。宋人王灼赞其“发挥自然之妙”，明人王世贞将其称为“乐府之冠”，金人元好问甚至赋诗赞美道：“慷慨歌谣绝不传，穹庐一曲本天然。中州万古英雄气，也到阴山敕勒川。”至于明清以来的古诗选本，则几乎没有不选《敕勒歌》的。就连今人郑振铎也忍不住称赞说：“此诗写北方荒野景色，直浮现于读者之前，博得后人极端的倾倒，可谓为最带北方色彩的诗。”《敕勒歌》以其不可抗拒的魅力征服了历代读者，获得了众口一词的赞誉。如果说，《敕勒歌》是草原赞歌中的绝唱，应当也是不为过的。

12 至情至性的失恋之歌——《杨白花》

在郭茂倩《乐府诗集·杂曲歌辞》中，有一首题名极为别致的乐府诗，叫做《杨白花》：

阳春二三月，杨柳齐作花。春风一夜入闺闼，杨花飘荡落南家。含情出户脚无力，拾得杨花泪沾臆。秋去春还双燕子，愿衔杨花入巢里。

郭茂倩据《梁书》《南史》的记载做了解题，称杨白花实为一男子姓名。这首乐曲的创制源自一个有始无终的爱情悲剧。悲剧的男女主人公，分别是杨白花和北魏胡太后。

事情得先从胡太后说起。胡太后本名胡充华，安定临泾（今宁夏固原）人，北魏司徒胡国珍的女儿。史载胡充华降生之际红光四射，其父胡国珍因此对她倍加珍爱，自幼教习琴棋书画，更兼经史子集。至其长成，文武兼具，姿容秀美。胡太后的姑姑是位精通佛学的尼姑，经常被请入皇宫讲授佛法。这位颇有心计的尼姑趁着讲佛法的机会，收买了宣武帝元恪的手下，让他们到处宣扬胡充华的国色天香。宣武帝听闻胡充华美貌，便把她召入掖庭，册封为承华世妇，宠爱非常。

北魏王朝由塞北鲜卑拓跋部建立，他们有感中原诸朝不断出现外戚专权、干政乱国之事，所以仿照汉武帝刘彻时钩弋夫人和太子刘弗陵“留犊去母”的故事，严格执行“后宫产子将为储君，其母皆赐死”的制度，一旦妃嫔生子被封为太子，无论生母是皇后还是妃嫔，一律处死。这项制度在汉代不过是偶尔施行，在北魏却被作为一项祖制执行。因为存在这样残酷的制度，北魏后宫妃嫔多不愿生子，即使受孕也偷偷堕胎。甚至祈祷告祝，只愿生诸王、公主，不愿生子被立为太子。再加上宣武帝的高皇后特别强悍，一些妃子进宫后连被临幸的机会都没有，所以北魏面临着皇嗣断绝的困境。而胡充华的出现却打破了这一僵局，她表现出比其他妃嫔高出一筹的远见卓识。当受宠的她毫无悬念的怀孕后，有好心人提醒她尽快流产，保命要紧。可她的回答却非常地大义凛然："天子岂可独无儿子，何缘畏一身之死而令皇家不育冢嫡乎?"而且她还经常暗中祈祷："但使所怀是男，次第当长子，子生身死，所不辞也。"

皇天不负有心人，胡充华果然一胎诞下龙儿。频丧皇子的宣武帝大喜过望，为皇子取名诩，着专人谨慎养护，三岁时便被立为太子。宣武帝不但没有遵照旧制将胡充华赐死，反而晋封她为贵嫔。这大大出乎了静待好戏的后宫妃嫔们的意料，也让皇后高氏极为愤怒。至此，实行了一百多年的"留犊去母"制度终于告一段落。然而，胡充华后来的作为却戏剧性地证明，先人的制度确实有其存在的合理成分。

宣武帝在儿子出生的第五年（515）就离开了人世，时年不过 33 岁。各怀异志的权臣们清算了高皇后的家族，皇后高氏削发为尼，永居洛阳瑶光寺，胡充华进而在政治斗争中获利。宣武帝驾崩后，太子元诩即位，是为孝明帝，胡氏成为皇太后。由于皇帝幼小，胡太后得到妹夫元叉、宦官刘腾等人的支持，开始垂帘听政，成为北魏帝国的实际统治者。她临朝听政达 13 年之久，位总机要，手握王爵。她外结元氏诸王，内拉权臣，委胡氏亲属以心腹之任，终于初步稳固了统治地位。胡太后既重文治，又精武功。在西林园中，诸大臣射箭皆不中，太后"自射针孔，中之"。对南朝萧梁的寿阴一战，太后亲自指挥部署，用人得当，捷报频传，直至大获全胜。这些作为都使得她在文官武将中威望大起。与此同时，太后也特别注意取信于民：她减少徭役，抚恤将士，清明律法，量才用人。尤其值得一提的是，她曾饬令制造一辆“申讼车”，设座车内，外垂帘幕，定期出巡云龙门及千秋门等繁华地区，接受吏民诉讼，当即裁判或交有司妥为处理，此举获得朝野上下的一致好评。

在她的治理下，北魏政局稳定，国力渐趋强盛。胡太后轻松了许多，于是开始追寻情欲之乐。她的面首先后有元怿、杨白花、郑俨、李神轨等。而杨白花也许是其中最让她伤心的一位。

杨白花，武都仇池人，北魏名将杨大眼之子。他武艺出众，身材魁伟。胡太后一见难忘，逼迫他与自己私通，恨不得就此与杨白花长相厮守，再不分开。可杨白花终究与一般佞臣不同，他出身名门，只是慑于太后威势暂且权宜。于是，他无时无刻不在思量脱身之计。终于，在一次领兵巡边时，他率部曲投奔了南朝梁国，奔梁后改名杨华。在中国历史上，杨白花可能是第一个为了逃避做面首的命运而逃到了别国的将军。

权倾一国的太后毫无征兆地失恋了！在相思不能自控时，她写下了这首凄婉的《杨白花》，使宫人昼夜连臂踏足歌之。

《杨白花》是一首至情至性的失恋之歌。至尊太后像普通少女一样热烈地倾诉着，在绝望的悲伤中饱含着热切的情感。那随风飘逝的杨花，恰好与弃她而去的情人名字相同，于是，貌似句句写杨花，实则句句诉相思。诗从杨花开放的繁盛写起，语气中仿佛带着些许感叹。然而，对于无常而又不幸的命运来说，繁盛却正是衰落的开始。一夜之间刮起了春风，那杨花就被无情的春风带走了。从天而降的不幸，来得突然而又不可阻挡。含情出门去，不仅无路而且无力。失恋就像疾病一样，刹那间让生命失去了力量，使她双脚无力，难以自支。在俯身拾起杨花的瞬间，悲伤的身体就像注满泪水的容器，不经意间溢了出来。她对他热烈的感情就像滔天巨浪一样扑向他，他被吓得逃开了。他率部曲投奔南朝，不仅背弃了爱情，而且背叛了国家。尽管那么热切的希望他能回来，可是实际上明明知道他是不可能再回来了。希望从南方归来的燕子把杨花带回故巢的隐喻，本身就显示了愿望的幻想本质，也表现了相思的无望和痴迷。而成双的燕子秋去春回，其来有信，则更映照出她索居的孤寂和相思的怅惘。

胡太后本不是诗人，却写出了一首非凡的诗。这让那些秉持儒家教条的夫子们，也不由得忽略了《杨白花》背后那违背伦理纲常的本事，而忍不住赞出声来。明代王夫之《船山古诗评选》评价道："胡妇媟词，乃贤于南朝天子远甚。"清代沈德潜《古诗源》也说："音韵缠绵，令读者忘其秽亵。"

后人往往会讶异于胡太后感情表达的炽热，她思念的正大光明，表达的磊落坦诚。每每想起一国太后，命宫人踏着杨花彻夜唱着她写给情郎的歌，就忍不住激赏她的率性坦然。这时，至情至性的内容已在其次，那份勇于表达的胆识才是真正让人叹服的！

有始无终的爱情终以悲剧结束，但《杨白花》所承载的那段风流韵事却流传了开来。因为《杨白花》的流传，胡太后终以秽乱宫廷的罪名，连同小皇帝一起，被权臣尔朱荣丢进黄河溺毙。其实，胡太后应该庆幸，杨白花的离去让他躲开了生死劫难，她最心爱的情郎最终不必像她一样命陨黄河！杨白花应该庆幸，及时的抽身而退，不仅保住了清名，也保全了性命！后人应该庆幸，没有杨白花的果断离去，就不会有这首传世的乐府歌辞，这段历史也会少了许多可供玩味的余地！

三　乐府诗名篇（下）

1　今昔盛衰无常的慨叹——李峤《汾阴行》

古汾阴，地处黄河之东，汾河之南，是一条背汾带河的长形高地，长四五里，广二里多，高十余丈。

汾阴有后土祠，后土祠最初的祭祀对象是土地之神“社”，即后土圣母女娲氏。把女娲敬为土地神，与女娲氏抟土造人的神话传说不无关系。从商代开始，祭祀的对象除了土地之神“社”之外，又加上谷神“稷”，即周代的始祖后稷。在先秦文献中，“社稷”就是国家的同义词，可见人们对土地神和谷神的崇敬程度。

据说轩辕黄帝平定天下后，在汾阴扫地设坛，祭祀后土圣母女娲氏。此后尧舜时以及夏商周三代，都在这里举行祭祀活动。到了汉代，祭祀后土祠成为国家制度，每三年皇帝都要来这里举行一次大祀。汉文帝前元十六年（前164），朝廷在汾阴县的黄河岸边修建后土庙。汉武帝一生共六次祭祀后土，仪式隆重无比。尤其是元鼎四年（前113），汉武帝不仅扩建汾阴后土祠，在后土祠建造了一座万岁宫，作为巡行之地，而且在此留下了清丽隽永的千古绝调《秋风辞》：

秋风起兮白云飞，草木黄落兮雁南归。兰有秀兮菊有芳，怀佳人兮不能忘。泛楼船兮济汾河，横中流兮扬素波。箫鼓鸣兮发棹歌，欢乐极兮哀情多。少壮几时兮奈老何！

《秋风辞》也是一首乐府诗，郭茂倩将其收入《乐府诗集·杂歌谣辞》中。此诗以景物起兴，继写楼船中君臣歌舞欢宴的热闹场面，最后以感叹乐极生悲、人生易老、岁月流逝作结。

汉武帝之后，汉宣帝、元帝、成帝、哀帝也曾多次祭祀。在汉成帝时，祭祀后土的地点曾一度从汾阴改至长安。那是汉成帝初年，丞相匡衡和御史大夫张谭上奏，称到汾阴祭祀后土，要穿渡大川，有风波舟楫之险，建议把对后土的祭祀地点改在长安北郊，把祭天的地点改在长安南郊。汉成帝采纳了他们的建议，不再去汾阴祭祀。两年后，匡衡因事罢官，朝野上下都认为这是匡衡建议皇帝轻易改变祭祀天地的地点遭到了报应。汉成帝也十分后悔当初采纳了匡衡的建议。加之汉成帝久无子嗣，皇太后认为汉成帝当初把祭祀天地的地点改至长安南北郊，得罪了皇天后土，失了天地之心，天地之神降罪以致久无子嗣。于是，在永始三年（前14），皇太后下诏恢复至汾阴祭祀后土的先帝之制。永始四年（前13）三月，汉成帝率群臣渡过黄河，到汾阴祭祀后土。其后，又先后三次前去祭祀。

东汉建武十八年（42），光武帝率群臣到汾阴祭祀后土。这是汉代皇帝最后一次到汾阴祭祀。

以上是汉代帝王至汾阴祭祀的大致史实，了解了这些故事，也就能很容易地理解唐代诗人李峤的《汾阴行》。李峤是武则天至唐中宗时期最著名的宫廷诗人。前与初唐四杰王勃、杨炯、卢照邻、骆宾王相接，中与崔融、苏味道齐名，又与苏味道、崔融、杜审言并称“文章四友”。晚年，被尊为“文章宿老”。李峤的诗，多为应制咏物之作，词句典丽而内容贫乏。但他以汉武帝汾阴后土祠祭祀史实写就的乐府诗《汾阴行》，却颇受时人和后人推崇。诗写道：

君不见昔日西京全盛时，汾阴后土亲祭祠。斋宫宿寝设储供，撞钟鸣鼓树羽旗。汉家五世才且雄，宾延万灵服九戎。柏梁赋诗高宴罢，诏书法驾幸河东。河东太守亲扫除，奉迎至尊导銮舆。五营将校列容卫，三河纵观空里闾。回旌驻跸降灵场，焚香奠醑邀百祥。金鼎发色正焜煌，灵祇炜烨摅景光。埋玉陈牲礼神毕，举麾上马乘舆出。彼汾之曲嘉可游，木兰为楫桂为舟。棹歌微吟彩鹢浮，箫鼓哀鸣白云秋。欢娱宴洽赐群后，家家复除户牛酒。声明动天乐无有，千秋万岁南山寿。自从天子向秦关，玉辇金车不复还。珠帘羽帐长寂寞，鼎湖龙髯安可攀？千龄人事一朝空，四海为家此路穷。豪雄意气今何在？坛场宫馆尽蒿蓬。路逢故老长叹息，世事回环不可测。昔时青楼对歌舞，今日黄埃聚荆棘。山川满目泪沾衣，富贵荣华能几时？不见只今汾水上，唯有年年秋雁飞。

此诗被郭茂倩收入《乐府诗集·新乐府辞》中。它采用歌行体，以歌行中常见的“君不见”三字领起，四句一顿，次序分明地开始了叙事和议论。诗中首先指出汉武帝亲巡河东，祭祀汾阴后土，是在国力强大，走向极盛时期的行为。这次巡幸河东，做了很多准备。斋戒的宫殿、就寝的楼阁，都储备、陈设了供巡幸使用的物品。巡幸的场面，声势浩大，威仪凛凛，鼓乐齐鸣，旌旗蔽空。然后，他又从汉初到武帝以来历史发展的角度，说明巡幸河东是盛世之壮举。汉王朝建立以来高祖、惠帝、文帝、景帝、武帝五位帝王，都有雄才大略，使汉王朝不断繁荣强大，夷狄归服，百姓安乐。

特别是汉武帝时，更是雄图大展，天下大治。他高筑柏梁台，宴集能写七言诗的臣僚。盛宴之后，又下诏巡幸河东。这次巡幸，是大汉国势发展到巅峰时刻的大典。河东地方长官隆重迎接天子大驾，百姓也倾城而出，以期亲眼目睹皇帝威仪和祭祀汾阴后土的盛况。祭祀结束后，汉武帝又与群臣泛舟汾河。泛游汾河的场面，既富丽堂皇，又极恣欢谑，热闹非常。泛河后的盛大聚宴，不但群臣得以分享，就连百姓也分到了皇帝犒赏的牛肉和美酒。皇帝因此博得了上下一致的热烈拥戴，万寿无疆是上至大臣下至百姓对他的共同祝愿。汉武帝巡幸的喜庆气氛和祝颂之意，至此达到了高潮。然而，世事的变迁却是如此的无常。它总是以最迅捷的速度、最直截的方式向人们展示着这变迁的无情。

文韬武略的汉武大帝，虽然苦学道家之术以求长生，但最终还是命归黄泉。当年烜赫一时的大汉王朝，如今空余五陵坟树悲风。汾阴一带再无往日繁盛，当年帝国鼎盛时祭祀汾阴的坛场宫馆、青楼歌舞，如今早已化为蒿莱蓬草、黄埃荆棘，凄凉的景象令人心寒！汾阴古今盛衰的两极对比，真真切切地向人们昭示着世事的沧桑翻覆。昔日的富贵荣华化为了烟尘，一切都是那么的虚无缥缈！“富贵荣华能几时”的议论，清晰地揭示了社会发展中带有普遍性的现象。李峤写出的，不仅是他个人的感慨，也是懂得体味人生的人们的共同感慨，更是亲历盛衰的人们内心最深处的感慨。

果然，亲历盛衰的唐玄宗，就被李峤的感慨触动了。天宝末年（755）的一天，唐玄宗趁月夜与众臣子登上勤政楼，命梨园弟子演奏乐曲，以消烦闷。当乐人唱道：“山川满目泪沾衣，富贵荣华能几时？不见只今汾水上，唯有年年秋雁飞”时，玄宗似乎感觉到眼前的繁华终将失去，不由得感伤非常！他问侍从道：“这是谁的诗句？”侍从答道：“李峤。”玄宗凄然涕下道：“李峤，真才子也。”尽管生不在同时，但李峤却如同玄宗的知音一般，用《汾阴行》道出了玄宗的心声。

之后，安史叛军攻入长安，玄宗仓皇奔蜀。登上自卫岭，他远眺良久，又唱起了李峤的《汾阴行》，再次赞道：“峤，诚才子也。”高力士等众人都挥泪许久。

唐玄宗在这盛衰两极的巨大反差中，在李峤的诗中找到了自己的人生感悟。他心中所想，李峤早已在《汾阴行》中代他言之。此时此刻，唐王朝以往的一切辉煌，仿佛西京衰落时汾水之上的富贵荣华，倏忽之间全然不见，唯余孤雁，凄凉一片……

2 乐府应歌《相府莲》——王维《息夫人》

唐代，宁王李宪府邸厅堂中，十余位文士环主人而坐，座中有一文士叫王维。在众人瞩目中，一位美貌女子奉命从后堂步入前厅。一抬头，她愣住了，映入眼帘的身影曾经是那么熟悉。泪，不由自主地，从她脸上缓缓滑下。……

这美貌女子，曾是卖饼者妻。那熟悉的身影，是她曾经的丈夫卖饼小贩。一手策划这次重逢的，是宁王李宪。一年前造成他们夫妻睽离的，仍是宁王李宪。个中原因，只是缘于他们夫妻卖饼的摊点就在宁王府左边，而她，又长得身材颀长，肤白胜雪。于是，她的人生自此改写，麻雀变凤凰的神话降临在她身上。她成了宁王众多宠姬中的一个。一入侯门深似海，转眼已经一年有余。尽管宁王对她宠爱胜过旁人，但那个熟悉的身影却不时在她脑中闪过。有一次，宁王忽然问她："你还想卖饼者吗？"她不知该如何作答，她的人生何时是自己可以做主的，纵使答了又能怎样。沉默，是她所能想到的唯一答案。于是，便上演了本文开头的那一幕。

座中文士无不感慨！而那位没心没肺的王爷，居然还有心思作诗！他命众人就此事即席赋诗。王维诗先成，诗题叫做《息夫人》：

莫以今时宠，宁忘昔日恩。看花满眼泪，不共楚王言。

诗题中出现的息夫人，本是春秋时陈国国君的女儿，因嫁给息国国君为妻又称息妫。妫为陈国姓氏。息夫人的姐姐是蔡国国君蔡侯的夫人，息夫人回陈国省亲时路过蔡国，顺便去探望姐姐，谁知蔡侯竟在接风宴席上调戏息夫人。息夫人盛怒之下回到了息国，将此事告诉了息侯。息侯闻听大怒，决意要联合楚文王密谋图蔡。他派使者前往楚国，怂恿楚文王出兵假装攻打息国，息国再向蔡国求救，诱其出兵。结果，楚兵于莘地战胜蔡国，俘获了蔡侯。蔡侯不仅清楚他被俘的原因，而且生出了强烈的复仇欲望。他的目的，当然也要假楚文王之手来实现。于是，他便竭力在楚文王面前夸赞息夫人的美貌。楚文王听后果然动了心，他假借出巡之名来到息国。息侯盛情款待了楚文王，楚文王见息妫确实长得天姿国色，便很想得到她。第二日，楚文王设宴答谢息侯，乘机以武力俘虏了息侯，灭了息国，将息夫人据为己有。

息夫人入楚宫三年，虽然为楚文王生了两个儿子熊囏与熊恽，但却一直默默无言，不和楚文王说一句话。楚文王问她原因，她答道："我一个女人，伺候两个丈夫，即使不能死掉，又有什么话可说？"楚文王赶紧把一切都推到蔡侯身上，说道："这都是蔡侯的过错，我当为夫人报仇。"于是兴兵攻打蔡国。

楚国自楚文王十四年（前676）秋，就连续与巴、黄等小国发生战事，不断征战的辛劳让楚文王终于暴病而死。楚文王死后，楚国陷入储位之争中，息夫人长子熊囏被立为王，是为楚王堵敖。楚王堵敖惟恐自己的弟弟熊恽抢夺王位，便想杀死他。熊恽逃到随国，联合随国反将堵敖杀死，自立为君，是为楚成王。楚成王年幼，军国大权落入楚文王的弟弟子元手中。子元以王叔自居，飞扬跋扈，不可一世。他贪恋嫂嫂息夫人的美貌，在宫室旁边建馆舍，振铃铎，跳《万舞》，惑以淫乱。岂料息夫人一听此曲就伤心哭泣，她说："先夫当初奏此乐舞，是用来操练军事。如今令尹不把它用来对付仇敌，却在我这寡妇面前演奏，岂不让人奇怪吗?"《万舞》是当时的武舞，手持干、戚、弓、矢一类武器起舞以表示威仪。子元表演《万舞》，本想讨息夫人欢心，不想却弄巧成拙，自讨没趣。没过多久，子元变本加厉，公然住进了王宫，企图挑逗息夫人。当时的楚国以势力论，最强大的除子元之外还有大世族若敖氏。若敖一族本就对子元的嚣张跋扈隐忍已久，又见子元做出此等有辱尊卑伦常之事，于是当机立断，杀死了子元，平息了持续八年的子元之乱。从此息夫人深居后宫，不问政事。

一说当年息国亡国后，息侯被俘做了楚国都城的守门小吏。转眼到了秋天，楚文王出城狩猎，两三天后才能回宫。息夫人趁此机会，悄悄地跑到城门处私会息侯。两人见面，恍如隔世，息夫人哭道："我在楚宫，忍辱偷生，最初是为了保全大王性命，之后是为了想见大王一面，如今心愿已了，死也瞑目。"息侯闻言肝肠寸断，安慰息夫人道："苍天见怜，必有重聚之日，我甘心做守城小吏，还不是在等待团圆的机会么?"息夫人心愿已了，认为与其痛苦地偷生苟活，不如慷慨赴死，于是奋力朝城墙撞去，息侯阻拦不及，眼看着息夫人香消玉殒。息侯悲痛欲绝，万念俱灰，为报答息夫人的深情，也撞死在城下。

楚文王打猎归来，听说此事后，黯然神伤。有感于二人情深，以诸侯礼将他们合葬在汉阳城外桃花山上。后人在山麓建祠，四时奉祀，称为“桃花夫人庙”，所以后世也称息夫人为桃花夫人。

王维这首《息夫人》，从诗题看似在歌咏历史人物息夫人的不幸遭遇，实际上，他是在同情与息夫人有着相同遭遇的卖饼者妻。他含蓄地表达着他的讽刺之意，当年强行夺走息夫人的是楚文王，如今强取卖饼者妻的是宁王。历史人物在他的诗中密切关和着眼前的现实。只可惜，宁王贵盛一时，而他仅仅是他的座中客，所以他只能出语谨慎，措辞宛转。“莫以今时宠，宁忘昔日恩。”不要以为你今天的宠爱，就能使我忘掉旧日的恩情，权势和富贵并不能彻底征服弱小者的灵魂。这既是息夫人的内心独白，也是卖饼者妻的心声。“看花满眼泪，不共楚王言。”旧恩难忘，于新宠而言无疑是莫大的侮辱。于被强迫的女子而言，尽管内心极度痛苦，但仍在沉默中极力自我克制。因此，“满眼泪”之后的“无言”，就显得格外深沉：它包含着人格的毁损和精神的创痛，也包含着蓄积在心底的怨愤和仇恨。

这短短的四句诗，不是叙事诗，但却有着很不平凡的故事，而且这故事甚至比有些叙事诗更为扣人心弦。这首诗因此被播入乐府，广为传唱。演唱的曲名叫做《相府莲》，又作《想夫怜》，属羽调曲。

关于《相府莲》这一乐府曲名的由来，郭茂倩《乐府诗集》引《古解题》说："《相府莲》者，王俭为南齐相，一时所辟皆才名之士。时人以入俭府为莲花池，谓如红莲映绿水，今号莲幕者自俭始。其后语讹为'想夫怜'，亦名之丑尔。又有《簇拍相府莲》。"王维《息夫人》就被人以《簇拍相府莲》曲调演唱。"簇拍"又称"促拍"，是乐拍名称，它的特点是音调急促，如同现今的快板。由此可以想见《簇拍相府莲》的曲调特点。郭茂倩《乐府诗集·近代曲辞》中除有《簇拍相府莲》外，还有《簇拍陆州》。《簇拍陆州》所收歌辞为唐无名氏之"西去轮台万里余，故乡音耗日应疏。陇山鹦鹉能言语，为报闺人数寄书。"关于《陆州》的调类和音乐特色，宋人姜夔《白石道人歌曲》中说："宋因唐度，古曲坠逸，鼓吹所录惟存三篇，谱文乖讹，因事制辞，曰导引曲，十二时，六州歌头，皆用羽调，音节悲促。"据姜夔所述，《陆州》也属羽调，而且音节悲促。那同为羽调的《簇拍相府莲》也应该具有音节悲促的特点。

郭茂倩《乐府诗集》中《簇拍相府莲》所录歌辞为："莫以今时宠，宁无旧日恩。看花满眼泪，不共楚王言。闺烛无人影，罗屏有梦魂。近来音耗绝，终日望应门。"除前四句为王维《息夫人》外，还有后四句"闺烛无人影，罗屏有梦魂。近来音耗绝，终日望应门。"这后四句诗，又见载于《乐府诗集·近代曲辞》，为《水调·第六彻》歌辞，《全唐诗》卷二十七《杂曲歌辞·水调》中也有收录。

王维另有一首诗也与《相府莲》曲调有关。郭茂倩《乐府诗集》在《相府莲》题解中称：

白居易诗曰："玉管朱弦莫急催，客听歌送十分杯。长爱《夫怜》第二句，倩君重唱夕阳开。"王维右丞词云"秦川一半夕阳开"是也。

郭茂倩所引白居易诗，题为《听歌六绝句·想夫怜》。白居易在诗中提及的"秦川一半夕阳开"句出自王维七言古诗《和太常韦主簿五郎温汤寓目之作》，原诗为："汉主离宫接露台，秦川一半夕阳开。青山尽是朱旗绕，碧涧翻从玉殿来。新丰树里行人度，小苑城边猎骑回。闻道甘泉能献赋，悬知独有子云才。"其中，"秦川一半夕阳开"恰好是第二句，也就是白居易说的"长爱《夫怜》第二句，倩君重唱夕阳开。"至此，可以得出这样的结论：王维与《相府莲》有关的乐府诗有两首，分别是《和太常韦主簿五郎温汤寓目之作》和《息夫人》，前者唱入《相府莲》，后者唱入《簇拍相府莲》。

王维像

王维是盛唐时期著名的乐府诗人。除《息夫人》外，他还有大量其他乐府诗，仅郭茂倩《乐府诗集》收录的就有30多首，分布在横吹曲辞、相和歌辞、清商曲辞、杂曲歌辞、近代曲辞、新乐府辞等类属中。他的许多乐府诗不仅在当时是音乐精品，而且流传后世，影响至为深远！

3 名花倾国两相欢——李白《清平调》三首

李白像

李白是唐代最负盛名的乐府诗人。晚唐诗人吴融说："国朝能为歌诗者不少，独李太白为称首。"中唐时，文宗甚至下诏将李白乐府诗、裴旻剑舞、张旭草书并称"三绝"。毫不夸张地说，自汉乐府产生以后，在历代诗人中，乐府诗创作数量最多和使用曲调最多的，就是李白。

在李白的乐府诗中，有些是写于宫廷之中又以宫廷君主后妃生活为表现对象的，这些乐府诗中最著名是《清平调》三首：

云想衣裳花想容，春风拂槛露华浓。若非群玉山头见，会向瑶台月下逢。（其一）

一枝红艳露凝香，云雨巫山枉断肠。借问汉宫谁得似？可怜飞燕倚新妆。（其二）

名花倾国两相欢，长得君王带笑看。解释春风无限恨，沉香亭北倚栏干。（其三）

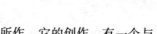

这三首诗是李白在长安供奉翰林时所作。它的创作，有一个与唐玄宗和杨贵妃有关的本事。

那是开元中的一个春天，皇宫里新种了牡丹，共有四种颜色，红、紫、浅红、纯白。玄宗把这四种颜色的牡丹移植在了兴庆宫中的沉香亭前。在牡丹开得正繁盛的时候，玄宗选了一个月色皎洁的夜晚，和杨贵妃一起前去赏花。还特意诏技艺出众的梨园弟子随行。李龟年以擅长唱歌著称于当时，他手里拿着檀板，和一众梨园弟子一起前往随侍，准备表演歌舞助兴。这时，唐玄宗说："赏名花，对妃子，怎么能唱旧歌辞呢?"于是让李龟年拿着金花笺宣翰林供奉李白进《清平调》词三章。李白很爽快的接了旨，只是苦于前夜醉酒，不很清醒。在半醉半醒之间，援笔挥毫，写就了《清平调》三首。

歌辞写好后，玄宗命梨园弟子演奏乐曲与新辞相配，命李龟年唱新辞。杨贵妃手持七宝玻璃杯，满饮葡萄酒，笑领歌辞赞美之意。玄宗一时兴起，也吹奏玉笛与众乐相和。

这三首诗，既是歌咏牡丹花，又是歌咏杨贵妃，同时又歌咏帝妃宫中行乐之事。花即是人，人即是花，人面花容，浑融一片，同蒙唐玄宗的恩泽。这是盛唐时期最大的诗人和最大的歌者在最高的权力者面前的一次歌诗创作，也是乐府诗史上文人与乐人紧密配合的一次成功创作，是当时的一桩盛事。

从创作本事可以看出，这次表演的起因是玄宗带着杨贵妃欣赏牡丹，照例需有音乐表演，而又不愿听唱旧辞，于是把待诏翰林的李白找来创作新辞，歌曲名为《清平调》。《清平调》

三首的创作必须取悦杨贵妃，让唐玄宗高兴，所以歌辞内容即以牡丹之美比喻杨贵妃之美，以及杨贵妃备受玄宗恩宠。从创作动机，到写作内容，再到名称确定，三首诗都是由音乐表演的组织者和欣赏者决定的。从创作方式看，《清平调》三首是有意识写作歌辞，被艺人谱入乐曲的。

关于《清平调》，研究者有不少论争，说法各不相同。其实，要理解《清平调》，就必须紧密联系当时的音乐理论。在中国古代，乐调分为清调和平调两种。“清平调”作为一个音乐术语，不是一个单独的名称，而是概括了所有乐调，是所有乐调的总称。具体分起来，“清平调”共包括平调、清徵调、清商调、清羽调、清角调五类乐调。玄宗宣李白作《清平调》词，实际是让李白在“清平调”的这些乐调中选择一种乐调写作歌辞，所以《清平调》就成了这首歌的歌名。

除《清平调》三首以外，李白以宫廷为表现对象的乐府诗还有许多，唐人魏颢《李翰林集序》就说李白曾在“朝廷作歌数百篇”。唐人任华《杂言寄李白》也说：“见说往年在翰林，胸中矛戟何森森。新诗传在宫人口，佳句不离明主心。”这些“新诗”应当就是指《清平调》一类的乐府诗。

李白为宫廷写作乐府诗是对初唐以来宫廷诗人创作传统的延续。从此以后为宫廷作乐府诗逐渐成为翰林学士的一种职责。白居易《读李杜诗集因题卷后》把李白翰林身份与“乐府待新词”联系起来，说明翰林学士写作乐府新辞在中唐已经成为惯例。

4 假托节妇的却聘之词——张籍《节妇吟》

张籍像

张籍，字文昌，先世苏州人，居于和州。早年与王建同在邢州（今河北邢台一带）求学，贞元十五年（799）登进士第，元和元年（806）调补太常寺太祝，历任国子助教、广文馆博士、秘书郎、国子博士、水部员外郎、水部郎中、主客郎中，终于国子司业。唐宋以来，诗文中称人多用官名。同时人相称呼，用现任官名，官改称谓也改，后世人称呼多用最后的官名。因此，后世称张籍为张司业。

张籍官位虽不高，诗名却极大，尤其擅长乐府诗。白居易曾赞美张籍乐府诗说："张公何为者，业文三十春。尤工乐府词，举代少其伦。"张籍的乐府诗，既有古乐府，也有新乐府。

张籍的古乐府创作早在贞元年间就已非常著名，而且一直持续到元和年间，代表作如《行路难》《江南行》《江南曲》《贾客乐》《采莲曲》《远别离》《寄远曲》《车遥遥》《送远曲》《离怨》《秋夜长》《春日行》《白鼍鸣》《春江曲》《春水曲》《白头吟》《白纻歌》等。这些古乐府所表现出来的讽喻现实的精神，得到了元稹和白居易的高度赞赏，并开启了他们的新乐府创作。元和元年（806）以后，张籍到京城任职，又受到元白新乐府的启发，开始大量写作新乐府，代表作有《沙堤行》《求仙行》《楚宫行》《离宫怨》《吴宫怨》《旧宫人》《宫词》《华清宫》等。

张籍的大多数新乐府都是写时事。内容或讽刺社会现实，如《野老歌》讽刺官府之暴敛，商人之骄奢；《塞下曲》写连年战争给人民带来的灾难。或讽刺世俗人生，如《古钗叹》借古钗坠井后重见天日而又不被重视的故事，讽刺世俗社会对才智之士的漠视；《离妇》写因不能生子而被离弃妇女的悲惨命运。或赞美英雄，如《将军行》歌颂泾原节度使刘昌于贞元七年收复失地之功。或表达自己的志向，如《节妇吟》。

《节妇吟》在《全唐诗》卷三八二中名为《节妇吟寄东平李司空师道》，郭茂倩收入《乐府诗集·新乐府辞》时题为《节妇吟》。诗写道：

> 君知妾有夫，赠妾双明珠。感君缠绵意，系在红罗襦。妾家高楼连苑起，良人执戟明光里。知君用心如日月，事夫誓拟同生死。还君明珠双泪垂，恨不相逢未嫁时。

诗写一个多情的男子，热烈地爱着一个已婚的女子，因而赠给她两颗明珠。这位女子对这个男子也产生了感情，但她不能背弃她的丈夫。对于这样两难的问题，她做出的处理是：把明珠收下，系在红罗袄上，表示接受了他的爱情。最后又把明珠还给他，表示自己既已结婚，就不应当背弃丈夫，改适他人。

从表面看，这是一个多情男子和已婚女子的爱情故事。其实，它的内涵远不止此。在这首诗的背后，有一个动人的本事。了解了这个本事，才能进一步理解这首诗的深层内涵。

据宋人洪迈《容斋随笔》记载，张籍当时在他镇幕府任职，李师道派人用厚礼聘请张籍加入他的幕府，于是张籍写了这首诗婉拒他。李师道本是高丽人，父为李正己，兄为李师古，父兄相继任淄青节度使。李师古死后，李师道于元和元年（806）十月继任郓州大都督府长史，充平卢军及淄青节度副大使知节度事。当时的节度使虽然是棣王李审，但李审只是名义上的遥领，所以尽管李师道名为副大使，却是实际上的节度使，掌握着军政大权。他们父子三人盘踞平卢、淄青（今河北南部、山东北部地区）一带前后40余年，是非常跋扈的藩镇。百姓不堪其苦，怨声载道。李师道最终因造反失败，于元和十四年（819）被魏博节度使田弘正所杀。

在了解了本事的基础上，再来读《节妇吟》，就会明白这首诗其实是在用比兴手法，委婉地以男女之情表达自己的政治立场。诗中“妾”是张籍自喻，“君”指李师道。这首诗也因此具有两个层面的内涵：在文字层面上，它描写了一位忠于丈夫的妻子，经过思想斗争后终于拒绝了一位多情男子的追求，守住了妇道；在喻义层面上，它表达了张籍忠于朝廷、不被藩镇拉拢收买的决心。

照常理，张籍不接受李师道的征聘，决不会表现得如此感激。之所以如此，大概是因为畏惧他位高权重，所以有意这样措辞，不致因惹怒他而导致结怨的变通权宜吧！

这首诗富于民歌风味，心理刻画细腻入微，表白心迹合情合理，表达方式委婉曲折。据说由于情辞恳切，连李师道本人也深受感动，不再勉强。明人钟惺、谭元春《唐诗归》也高度评价此诗道："节义肝肠，以情款语出之。妙！妙！"

以男女婚嫁言说遇合，本是楚辞中常见的表达模式。张籍将其用到乐府诗中，却仍然能给人带来新鲜感，也取得了良好的效果。所以《节妇吟》的这种表达方式不断引起时人和后人的效仿和关注。

中唐时期，朱庆余参加进士考试前向张籍行卷也曾以此作喻，成为一段诗坛佳话。朱庆余《近试上张籍水部》诗写道：

洞房昨夜停红烛，待晓堂前拜舅姑。妆罢低声问夫婿，画眉深浅入时无？

在唐代，应进士第的士子有向名人行卷的风气，以希求称扬推介。朱庆余此诗投赠的对象，就是时任水部郎中的张籍。张籍当时以擅长文学而又乐于提拔后进与韩愈齐名。朱庆余平时向他行卷，已经得到他的赏识。临到考试前，还怕自己的作品不一定符合主考的要求，因此以新妇自比，以新郎比张籍，以公婆比主考，写下了这首诗，征求张籍的意见。张籍见诗后，以同样的言说方式答诗一首，题为《酬朱庆余》，诗写道：

越女新妆出镜心，自知明艳更沉吟。齐纨未足时人贵，一曲菱歌敌万金。

张籍在答诗中把朱庆余比作越州镜湖的采菱女，采菱女不仅长得艳丽动人，而且有绝妙的歌喉，这是身着贵重丝绸的其他越女不能相比的。言外之意显而易见。两人的诗作往来，酬答俱妙，一直流誉诗坛。

《节妇吟》的影响，直至明代仍然存在，明人就这一主题又衍生出了新的诗作。如明初瞿佑《续还珠吟》：

妾身未嫁父母怜，妾身既嫁家室全。十载之前父为主，十载之后夫为天。平生未省窥门户，明珠何由到妾边。还君明珠恨君意，闭门自咎涕涟涟。

此诗主旨是质疑节妇之忠贞，诗中表达的意思是说：一个女子应当在家从父，既嫁从夫。平生连大门口都不去站一会儿，怎么会有人赠送明珠？所以现在还人明珠，不是“感君意”，而是“恨君意”了。为什么“恨君”？不是恨赠珠的人不守礼法，而是怨自己一定有行为失检的地方，引得人家来诱惑了。这俨然一副封建礼教卫道者口吻，《节妇吟》原有的风情趣味已经丧失殆尽。但无论如何，这也从一个侧面反映出《节妇吟》直到明代仍然受到人们的关注。

5 商贾生活的真实写照——元稹《估客乐》

《估客乐》是西曲三十四首之一，属清商曲。所谓估客，意同贾客，指行商之人。梁时曾改《估客乐》为《商旅行》。

《估客乐》本是齐武帝的忆旧之作。齐武帝萧赜在未登基前，曾游历樊城、邓县（今湖北省襄樊市）一带。他登基以后，因为追忆往事而作《估客乐》：

> 昔经樊邓役，阻潮梅根渚。感忆追往事，意满辞不叙。

齐武帝写成《估客乐》后，命乐府令刘瑶奏入管弦以教习乐工。但他的歌辞却无法同曲调相配合。有人启奏说释宝月善解音律，于是齐武帝召来释宝月，命宝月重新写了两首《估客乐》辞：

> 郎作十里行，侬作九里送。拔侬头上钗，与郎资路用。
>
> 有信数寄书，无信心相忆。莫作瓶落井，一去无消息。

宝月诗用第一人称口吻，描写了一位女子送别情郎去经商的分别场景。第一首用送别时拔钗相赠的细节，表现了这位女子的依依惜别之情。第二首是女子对情郎的嘱咐：若是有信人来，一定要多多托寄书信；若是没有信人来，心里要常想着我不要忘记。可千万不要像银瓶落井底一样，没了消息。女子的深情和体贴，在依依不舍的送别和临行前的细细叮嘱中一一展现。

宝月的作品，很快就同歌曲相谐和。乐府的乐工还在歌中加上了表达感忆之意的和送声，使这首歌曲大行于世。后来，宝月又续作了两首诗，让乐工在齐武帝驾龙舟游观五城时歌唱：

> 大艑珂峨头，何处发扬州。借问艑上郎，见侬所欢不？
>
> 初发扬州时，船出平津泊。五两如竹林，何处相寻博？

第一首诗用了一个很典型的表现相思的细节：每逢扬州来船，女子就要去寻找自己的情郎，探问情郎的音信。这样的细节描绘出的是这位女子焦急等待情郎的情态。第二首诗写这位女子的心理活动。她想到：当客船从扬州启程的时候，桅杆如林，这些商人们怎么会有机会相互询问呢？她的深切思念，由于这种自我安慰而显得细腻入微。

这两首诗虽然和前两首诗分别为两组诗，写于不同时间，但其中却有很明显的相互关联：每组第一首诗都描写女主人公的动态形象，描绘一个外部行为的细节；每组第二首诗都描写女主人公的静态形象，刻画出一个内心活动的细节。从送别到思念，两组作品又是按照时间顺序相互呼应的。

这几首歌辞在后来表演时还配入了舞蹈。表演地点在江中舟船上，道具为帆船，以红越布为帆，绿丝为帆纤，鍮石为篙足，舞者为篙榜者。舞者身穿广西出产的郁林布上衣，淡黄裤，一字列开。到江心的时候，一齐出现。舞者人数在南齐时是十六人，到萧梁时变为八人。

在宝月之后，陈后主、李白、元稹都曾拟作《估客乐》。陈后主拟作写道：“三江结俦侣，万里不辞遥。恒随鹢首舫，屡逐鸡鸣潮。”李白拟作写道：“海客乘天风，将船远行役。譬如云中鸟，一去无踪迹。”在这些拟作中，元稹的《估客乐》最为与众不同：

估客无住着，有利身即行。出门求火伴，入户辞父兄。父兄相教示，求利莫求名。求名有所避，求利无不营。火伴相勒缚，卖假莫卖诚。交关少交假，交假本生轻。自兹相将去，誓死意不更。一解市头语，便无乡里情。鍮石打臂钏，糯米吹项瓔。归来村中卖，敲作金玉声。村中田舍娘，贵贱不敢争。所费百钱本，已得十倍赢。颜色转光净，饮食亦甘馨。子本频蕃息，货赂日兼并。求珠驾沧海，采玉上荆衡。北买党项马，西擒吐蕃鹦。炎洲布火浣，蜀地锦织成。越婢脂肉滑，奚僮眉眼明。通算衣食费，不计远近程。经营天下遍，却到长安城。城中东西市，闻客次第迎。迎客兼说客，多财为势倾。客心本明黠，闻语心已惊。先问十常侍，次求百公卿。侯家与主第，点缀无不精。归来始安坐，富与王家勍。市卒酒肉臭，县胥家舍成。岂惟绝言语，奔走极使令。大儿贩材木，巧识梁栋形。小儿贩盐卤，不入州县征。一身偃市利，突若截海鲸。钩距不敢下，下则牙齿横。生为估客乐，判尔乐一生。尔又生两子，钱刀何岁平。

元稹的这首《估客乐》与宝月、陈后主、李白的同题诗相较，有着非常显著的不同，这不同主要表现在两点：

第一，体式不同。宝月《估客乐》是五言四句，共四首。陈后主和李白的《估客乐》也都是五言四句，各一首。而元稹则完全抛开前人的短章小制，将《估客乐》演述成五言六十八句的长篇。

第二，内容不同。就《估客乐》的表现内容而言，齐武帝所作是忆旧，释宝月所作以闺怨为主，表现商人经商生活给思妇带来的孤独寂寞。陈后主和李白所作一定程度上继承了宝月《估客乐》的主题，虽然未写思妇，却将重点放在了描写商人经商辛苦上。而到了元稹《估客乐》，则完全抛开商人情感生活和经商艰难，直接叙写商人通过作假、行贿等方法发迹的过程，直指商人凶狠贪婪的本质，批判意识鲜明而强烈。

可以看出，元稹《估客乐》无论在体式上还是在内容上，都与古题相去甚远。他对古题乐府的改造是大胆的，而这样的大胆改造，又有着更为深刻的背景。这背景，就是中唐时期元白诗派倡导的新乐府创作。

在中唐诗坛，与韩孟诗派同时稍后，又崛起了以白居易、元稹为核心的元白诗派。这派诗人重写实、尚通俗、强调讽喻。他们主张恢复古代的采诗制度，发扬《诗经》和汉魏乐府讽喻时事的传统，使诗歌起到“补察时政”“泄导人情”的作用，强调以自创的乐府新题咏写时事，并称其为新乐府。

新乐府是元白诗派乐府诗创作的最大亮点。具体说来，所谓新乐府，包含两层含义：首先，它是乐府，而唐人所说的乐府一定是与朝廷礼乐机构有关，包括已经表演的歌辞、准备表演的歌辞、希望表演的歌辞。这些礼乐机构或是太常寺，或是梨园，或是教坊。其次，它是新的乐府。所谓新，或是指新题，以区别于古题；或是指新辞，以区别于旧辞；或是指新声，以区别于旧曲。

新乐府创作缘起于元和四年（864），当时李绅作了《新题乐府》二十首，之后元稹作了《和李校书新题乐府》十二首，白居易作了《新乐府》五十首。元稹说这些新乐府诗是“病时之尤急者”，“雅有所谓，不虚为文”。白居易当时身为谏官，他把这些新乐府当做另一种形式的谏章，希望能够“救济人病，裨补时阙”。很显然，作为乐府诗创作中常见文体的新乐府，到了元白手中，已经被赋予了新的内涵，增添了新的价值。这内涵和价值中最重要的一条，就是讲求现实功用。

对此，白居易和元稹还分别做了进一步的阐释。白居易在《新乐府序》中对新乐府的体式规范、语言声律、创作动机都做了具体规定，他说：“篇无定句，句无定字，系于意不系于文……其辞质而径，欲见之者易谕也。其言直而切，欲闻之者深诫也。其事核而实，使采之者传信也。其体顺而肆，可以播于乐章歌曲也。总而言之，为君、为臣、为民、为物、为事而作，不为文而作也。”为了推出这种新乐府，元稹更是有意识地颠覆古乐府传统。他在白居易观点的基础上，进一步说：“自《风》《雅》，至于乐流，莫非讽兴当时之事，以贻后代之人。沿袭古题，唱和重复，于文或有短长，于义咸为赘剩。尚不如寓意古题，刺美见事，犹有诗人引古以讽之义焉。曹、刘、沈、鲍之徒，时得如此，亦复稀少。近代唯诗人杜甫《悲陈陶》《哀江头》《兵车》《丽人》等，凡所歌行，率皆即事名篇，无复倚傍。予少时与友人白乐天、李公垂辈，谓是为当，遂不复拟赋古题。”这是从可歌的角度论述乐府诗的发展过程，特别强调了乐府诗讽喻现实的作用和与时变化的重要性，指出写古题不如借古题以讽喻时事，借古题以讽喻时事不如作新题。这种以功用论优劣的观点，尽管显得狭隘，却也不无道理。但他尖锐地批判古乐府“沿袭古题，唱和重复，于文或有短长，于义咸为赘剩”，几乎全面否定了古乐府的存在价值，又是不客观的。

古乐府一般都有固定的题名、本事、曲调、体式、风格五大要素，后人拟作都需遵循这些要素展开，这约束着古乐府诗在创作时回归和保持自身传统。元稹对古乐府的批判，显然已经完全颠覆了古乐府的创作传统。在这样的理论指导下，他的古乐府创作就表现出无视古乐府题名、对古题任意改造，甚至完全抛弃古题的现象。《估客乐》就属于这三种现象中的第二种。

如果从维护古乐府传统，延续古乐府诗流传稳定性的角度而言，元稹《估客乐》无疑改造太过。但如果从纠正古乐府创作传统局限下所造成的大量重复、诗人在固定要素约束下创作时的难以自由发挥、对同一题名本事以外其他题材的表达困难等弊端而言，元稹对《估客乐》的大胆改造，对古乐府传统的有意颠覆，又是对前人同题创作的一种超越，体现出勇敢的创新精神。他的这种创新，其实已为大力写作新乐府做好了充分准备。

6 洛下新声《杨柳枝》——白居易《杨柳枝》二首

古有折柳送别的风俗，故而咏柳诗极多，咏柳也就成为中国古典诗歌的常见主题。在乐府曲调中，歌咏杨柳的曲名也很多见，如横吹曲有《折杨柳》，相和歌瑟调曲有《折杨柳行》，清商曲西曲歌有《月节折杨柳歌》，近代曲辞有《杨柳枝》。其中，《杨柳枝》流传最广，后世拟作也最多。

早在西汉，武帝朝大音乐家李延年根据张骞出使西域带回的《摩诃兜勒》所作横吹曲二十八解中，第七解就是《折杨柳》。在南朝梁乐府中，有这样的歌辞："上马不捉鞭，反拗杨柳枝。下马吹横笛，愁杀行客儿。"这就是横吹曲《折杨柳》的歌辞。相和歌瑟调曲中的《折杨柳行》，清商曲西曲歌中的《月节折杨柳歌》，都与横吹曲《折杨柳》不同。到隋代，出现了《杨柳枝》乐曲，它应是《折杨柳》的变种，入唐后一直传唱，流行于整个唐代。唐玄宗曾用玉笛吹奏该曲。盛唐诗人贺知章的七言绝句《咏柳》："碧玉妆成一树高，万条垂下绿丝绦。不知细叶谁裁出，二月春风似剪刀。"就是《杨柳枝》乐曲的歌辞。到中唐白居易时，《杨柳枝》乐曲又变新声，曲调得到进一步翻新。对此，宋人王灼《碧鸡漫志》卷五有一段描述，他说：

张祜《折杨柳枝》两绝句，其一云："莫折宫前杨柳枝，元宗曾向笛中吹。伤心日暮烟霞起，无限春愁生翠眉。"则知隋有此曲，传至开元。《乐府杂录》云："白傅作《杨柳枝》。"予考乐天晚年，与刘梦得唱和此曲词，白云："古歌旧曲君休听，听取新翻《杨柳枝》。"又作《杨柳枝》二十韵云："乐童翻怨调，才子与妍词。"注云："洛下新声也。"刘梦得亦云："请君莫奏前朝曲，听唱新翻《杨柳枝》。"盖后来始变新声，而所谓"乐天作《杨柳枝》"者，称其别创词也。

在白居易创作的《杨柳枝》诗中，《杨柳枝》二首其一最为著名，诗写道：

一树春风千万枝，嫩于金色软于丝。永丰西角荒园里，尽日无人属阿谁？

关于这首诗，唐人孟棨《本事诗》记载它的创作本事说：白居易有两个家妓，一名樊素，一名小蛮。樊素善于唱歌，小蛮善于跳舞。白居易曾为此二人作诗道："樱桃樊素口，杨柳小蛮腰。"不过，白居易当时年事已高，而樊素、小蛮却正值青春年少，丰腴艳丽。于是他便作《杨柳枝》辞以托意说："永丰西角荒园里，尽日无人属阿谁？"

从《本事诗》的记载来解读，这首《杨柳枝》其一表达的是一种婉转多情，缠绵伤感的情调。多年以后，宋代苏轼写

《洞仙歌·咏柳》，有“永丰坊那畔，尽日无人，谁见金丝弄晴昼”之句，就是隐括白居易此诗，读来仍然令人有无限低回之感，足见其艺术力量感人至深！

白居易在《醉吟先生传》中，对自己晚年听歌观舞的诗酒生活做了具体描述。他说：

> 家虽贫，不至寒馁；年虽老，未及耄。性嗜酒、耽琴、淫诗，凡酒徒、琴侣、诗客多与之游。游之外，栖心释氏，通学小中大乘法。与嵩山僧如满为空门友，平泉客韦楚为山水友，彭城刘梦得为诗友，安定皇甫朗之为酒友。每一相见，欣然忘归。洛城内外六七十里间，凡观寺丘墅有泉石花竹者，靡不游，人家有美酒鸣琴者，靡不过。有图书歌舞者，靡不观。自居守洛川洎布衣家，以宴游召者，亦时时往。每良辰美景，或雪朝月夕，好事者相过，必为之先拂酒罍，次开诗箧。酒既酣，乃自援琴，操宫声，弄秋思一遍。若兴发，命家僮调法部丝竹，合奏《霓裳羽衣》一曲。若欢甚，又命小妓歌《杨柳枝》新词十数章。放情自娱，酩酊而后已。

白居易过的简直是神仙般的日子！而在这神仙生活中，听唱《杨柳枝》却是最让他高兴的事情，他将其视为人生最快乐的境界。在这样的生活中，白居易不仅是欣赏者，而且是制作的积极参与者，他亲自写作歌辞，调教乐班，指导编排。可以想到，演唱《杨柳枝》新辞的歌妓中，必然少不了那长着樱桃小口、让白居易万般不舍的樊素！

白居易《杨柳枝》其一明白晓畅，有如民歌，加以描写生动传神，当时就传遍京都，成为教坊表演曲目，以至连洛阳永丰坊的柳树也由此增价。到宣宗朝，宫廷乐部仍在演唱白居易《杨柳枝》辞。宣宗问谁之辞，永丰坊在何处，左右以白居易和洛阳对。当时洛阳永丰坊西南角园中有垂柳一株，柔条极茂，于是宣宗命人取两枝植于禁中。白居易有感于此事，又作《杨柳枝》一首：

一树衰残委泥土，双枝荣耀植天庭。定知玄象今春后，柳宿光中添两星。

这就是白居易《杨柳枝》二首其二。诗将仍留洛阳永丰坊的一株柳与诏植禁苑的两枝柳的境遇做了对比，前者委泥土，后者植天庭，差距形同天壤。白居易此诗作成后，河南尹卢贞继和作《和白尚书赋永丰柳》诗并序。诗写道：

一树依依在永丰，两枝飞去杳无踪。玉皇曾采人间曲，应逐歌声入九重。

序写道：

永丰坊西南角有垂柳，柔条极茂，白尚书曾赋诗，传入乐府，遍流京都。近有诏旨取两枝植于禁苑，乃知一顾增十倍之价，非虚言也。因此偶成绝句，非敢继和前篇。

卢贞诗和序中写的就是宣宗诏取洛阳永丰坊垂柳的故事。这故事说明白居易《杨柳枝》辞在当时产生了巨大的文化价值。借由白居易《杨柳枝》二首，永丰柳由洛阳荒园中的普通柳树一跃而成为皇宫禁苑中的御柳，这样的宣传效应即使与当今的电视广告相比也毫不逊色!

白居易除作过《杨柳枝》二首以外，还作过《杨柳枝》八首和《杨柳枝二十韵》。因为他的《杨柳枝》辞取得空前成功，致使《杨柳枝》曲更加盛行。所以在他之后，晚唐以至五代，以此为题作诗的文人极多，韩琮、施肩吾、温庭筠、皇甫松、僧齐己、张祜、孙鲂、薛能、牛峤、和凝等人都有拟作。这种情形正如晚唐诗人薛能《折杨柳》十首小序所说："此曲盛传，为词者甚众。文人才子，各炫其能，莫不条似舞腰，叶如眉翠。出口皆然，颇为陈熟。"

这些拟作各有千秋。其中，韩琮《杨柳枝》蕴藏的情感尤为深沉：

梁苑隋堤事已空，万条犹舞旧春风。那堪更想千年后，谁见杨花入汉宫。

诗歌写春日看到春风杨柳所产生的感想：汉代梁孝王的文采风流，隋炀帝开河南游的盛况，都一去不复返了，可是昔日的杨柳如今依旧在春风中飘扬。那么千年以后，又有谁来看这些春风中舞动的杨柳呢？这春日里最为司空见惯的春风杨柳，被韩琮这位深情的诗人赋予了深沉的情感！

温庭筠《杨柳枝》八首在诸多拟作中写得很是柔媚可喜：

宜春苑外最长条，闲袅春风伴舞腰。正是玉人肠断处，一渠春水赤阑桥。

南内墙东御路旁，预知春色柳丝黄。杏花未肯无情思，何事行人最断肠？

苏小门前柳万条，毵毵金线拂平桥。黄莺不语东风起，深闭朱门伴细腰。

金缕毵毵碧瓦沟，六宫眉黛惹春愁。晓来更带龙池雨，半拂阑干半入楼。

馆娃宫外邺城西，远映征帆近拂堤。系得王孙归意切，不关春草绿萋萋。

两两黄鹂色似金，袅枝啼露动芳音。春来幸自长如线，可惜牵缠荡子心。

御柳如丝映九重，凤凰窗柱绣芙蓉。景阳楼畔千条露，一面新妆待晓钟。

织锦机边莺语频，停梭垂泪忆征人。塞门三月犹萧索，纵有垂杨未觉春。

诗歌以宫廷生活为背景，描写明媚的春光，抒发淡淡的哀愁，像是为宫廷写作的歌辞。温庭筠这些诗的才情丝毫不减白居易、刘禹锡之作。

晚唐诗人中，孙魴与咏柳相关的诗作就有三题十一首，他的《杨柳枝词》五首其二描写柳之柔婉情态，饶有趣味：

彭泽初栽五树时，只应闲看一枝垂。不知天意风流处，要与佳人学画眉。

诗中写道：当初陶渊明刚刚栽下五棵柳树时，当是只在闲暇时看到一枝柳条垂拂下来，没有更多地领会杨柳的诗意。却不知道上天的意思是着意风流的，就像向美人学习画眉一样，柳枝垂拂本就在弯曲、柔嫩、婀娜、轻灵的美妙风韵。若是看到了杨柳的婀娜、柔美，恐怕五柳先生也不会再安于四壁萧然，而是艳羡有柳枝一样柔婉的美人相伴了！

在晚唐诗人中，薛能的《杨柳枝》数量很多，如《杨柳枝》十首、《杨柳枝》、《杨柳枝》三首、《杨柳枝》五首等，总计约有30多首，而且他对这一题材的诗作还有不少自家看法。如他在《折杨柳》十首序中说："能专于诗律，不爱随人，搜难抉新，誓脱常态，虽欲弗伐，知音其舍诸?"在《柳枝词》五首序中又说："乾符五年，许州刺史薛能于郡阁与幕中谈宾酣饮醅酎，因令部妓少女作《杨柳枝》健舞，复歌其词，无可听者，自以五绝为《杨柳》新声。"诗下自注称："刘白二尚书继为苏州刺史，皆赋《杨柳枝词》，世多传唱。虽有才语，但文字太僻，宫商不高。如可者，岂斯人徒欤！洋洋乎唐风，其令虚爱。"从这些序文和注释可以看出，薛能对此前《杨柳枝》作者提出了不少批评意见，这些意见归结起来有两点：第一，不合歌辞特征。即文字生僻，音律不谐。第二，陈陈相因。《杨柳枝》是唐代最为流行的曲调，在曲调上不断有翻新，在歌辞上也应相应的不断出奇，但此前歌辞仍然不免陈陈相因。明了了薛能关于《杨柳枝》创作的观点，我们来看他的诗作：

刘白苏台总近时，当时章句是谁推？纤腰舞尽春杨柳，未有侬家一首诗。

（《杨柳枝》五首其五）

数首新词带恨成，柳丝牵我我伤情。柔娥幸有腰肢稳，试踏吹声作唱声。

（《杨柳枝》九首其一）

尽管薛能认为自己善作乐府诗，能够追新出奇，并对自己所作在歌者那里的受欢迎程度非常自信。但仔细读起来，会发现其实他的《杨柳枝》并没有多少高出前人的地方。

到了五代，也出现不少《杨柳枝》佳作。如后晋和凝《杨柳枝》三首就写得风流旖旎，很有才气：

软碧摇烟似送人，映花时把翠眉颦。青青自是风流主，慢飐金丝待洛神。

瑟瑟罗裙金缕腰，黛眉隈破未重描。醉来咬损新花子，拽住仙郎尽放娇。

鹊桥初就咽银河，今夜仙郎自姓和。不是昔年攀桂树，岂能月里索姮娥。

和凝将曲子词的写法移到乐府诗创作当中，将柳之柔媚与女子之柔情融合到一起，拉近了读者与诗中人物的情感距离。他的《杨柳枝》已全然不像白居易、刘禹锡的那样风流闲远，在一定程度上开创了《杨柳枝》写作的新境界。

南唐诗人徐铉的《柳枝辞》十二首，可以看做是南唐诗人同类创作最高水准的代表。这些诗以浅显通畅的语言，描摹出优美的画面，表现出淡淡的情愁，极富感染力。如其中三首写道：

陌上朱门柳映花，帘钩半卷绿阴斜。凭郎暂驻青骢马，此是钱塘小小家。

（其三）

老大逢春总恨春，绿杨阴里最愁人。旧游一别无因见，嫩叶如眉处处新。

（其五）

暂别扬州十度春，不知光景属何人。一帆归客千条柳，肠断东风扬子津。

（其十）

徐铉还有应制而作的《柳枝词》十首，将歌太平、颂君恩的主题加入到诗歌当中，风格雍容华美，与《柳枝辞》十二首的清丽风格不同。如其中两首写道：

金马辞臣赋小诗，梨园弟子唱新词。君恩还似东风意，先入灵和蜀柳枝。

（其一）

新春花柳竞芳姿，偏爱垂杨拂地枝。天子遍教词客赋，宫中要唱洞箫词。

（其八）

《杨柳枝》前代已有许多名家名作，徐铉能在众家之后，再作两组二十四首，且每一首都写得很成功，足见其才情之高。

值得注意的是，中唐以前，《杨柳枝》多是歌咏柳枝或女子，体式也以七言为主。到了中唐，《杨柳枝》在表现内容上虽无变化，但体式上却不只七言，也出现了五言和杂言。白居易《杨柳枝二十韵》即是一首五言排律。大历十才子之一的韩翃在怀念失散姬妾柳氏时曾写过一首《章台柳》，柳氏得知后，回赠一首《杨柳枝》："杨柳枝，芳菲节，可恨年年赠离别。一叶随风忽报秋，纵使君来岂堪折。"体式已变为杂言。中唐以后，曲子词大兴，《杨柳枝》遂沿用为词牌。这时尽管也有七言绝句的齐言体，但也出现了大量杂言体。敦煌曲子词及《花间集》中就有在七言句后各加三字或四五字，将添声作实字，也称《添声杨柳枝》。此时，《杨柳枝》除沿袭以往表现内容外，更多的是花间樽前、男女欢好题材的表达。到了宋代，《杨柳枝》体式固定为杂言体，以七言为主，间以三字和声，表达内容则更为广泛，举凡对花独饮、邀月同酌的清高，远离世俗、纵情山水的隐逸，宴饮为乐、觥筹交错的喧器，都用《杨柳枝》词牌来表现。元代以后，在唐宋盛行一时的《杨柳枝》归于沉寂，较少见到诗词作品留存。

7 巴渝风土人情的吟唱——刘禹锡《竹枝词》

《竹枝》是唐代教坊曲名，本是巴渝一带的民谣，多体现边远偏僻地区的民俗风情。

《竹枝》的得名，来自曲中和声“竹枝”。在《竹枝》的演唱过程中，不时会出现“竹枝”“女儿”的和声，一如《采莲曲》中“举棹”“年少”等词。这和声，从皇甫松、孙光宪《竹枝》中可以大致窥见其原始面貌。皇甫松《竹枝》六首其一曰：

芙蓉并蒂（竹枝）一心连（女儿），花侵槅子（竹枝）眼应穿（女儿）。

孙光宪《竹枝》云：

乱绳千结（竹枝）绊人深（女儿），越罗万丈（竹枝）表长寻（女儿）。

杨柳在身（竹枝）垂意绪（女儿），藕花落尽（竹枝）见莲心（女儿）。

很显然，当时《竹枝》词的每一个七言句都分二段唱，每段之后都有和声。“竹枝”“女儿”这两个衬词就是唱《竹枝》时的和声。唱的是一人，和的可以是许多人。皇甫松所作和孙光宪所作虽然长短不同，前者仅两句，后者四句。但不论是两句还是四句，它们的和声都用“竹枝”和“女儿”。这说明“竹枝”和“女儿”绝不是文人的随意制作，而是民歌的原来样式。

《竹枝》歌辞的文人化始自刘禹锡。唐贞元年间，刘禹锡任夔州刺史时，曾在建平（今重庆巫山县）见到当地小儿联歌《竹枝》，于是仿效屈原作《九歌》的例子，借用传统《竹枝》体为其谱写新辞九章，称《竹枝词》。

刘禹锡《竹枝词》产生于流行歌曲，又回到了流行歌曲，他在《竹枝词》序文中详细介绍这一过程说：

> 四方之歌，异音而同乐。岁正月，余来建平。里中儿连歌《竹枝》，吹短笛，击鼓以赴节，歌者扬袂睢舞，以曲多为贤。聆其音，中黄钟之吕，卒章激讦如吴声。虽伧伫不可分，而含思婉转，有《淇澳》之艳音。昔屈原居沅湘间，其民迎神辞多鄙陋，乃作《九歌》，到于今，荆楚鼓舞之。故余亦作《竹枝词》九篇，俾善歌者飏之，附于末，后之聆巴歈，知变风之自焉。

从这段序文可以看出，刘禹锡作《竹枝词》的用意不在于文人案头品读，而在于为歌儿舞女提供演唱歌辞。我们来看这作为演唱歌辞的《竹枝词》九首：

白帝城头春草生，白盐山下蜀江清。南人上来歌一曲，北人莫上动乡情。

山桃红花满上头，蜀江春水拍山流。花红易衰似郎意，水流无限似侬愁。

江上朱楼新雨晴，瀼西春水縠纹生。桥东桥西好杨柳，人来人去唱歌行。

日出三竿春雾消，江头蜀客驻兰桡。凭寄狂夫书一纸，家住成都万里桥。

两岸山花似雪开，家家春酒满银杯。昭君坊中多女伴，永安宫外踏青来。

瞿塘嘈嘈十二滩，此中道路古来难。长恨人心不如水，等闲平地起波澜。

巫峡苍苍烟雨时，清猿啼在最高枝。个里愁人肠自断，由来不是此声悲。

城西门前滟滪堆，年年波浪不能摧。懊恼人心不如石，少时东去复西来。

山上层层桃李花，云间烟火是人家。银钏金钗来负水，长刀短笠去烧畲。

《竹枝词》本就具有地区性，浓郁的地方色彩是其最显著的特征。刘禹锡《竹枝词》九首就凸显了这一特征。诗的主要内容是歌咏巴渝一带的白帝城、白盐山、瀼溪、昭君坊、永安宫，滟滪堆、瞿塘十二滩、巫峡等山水古迹，以及百姓在白帝城头和瀼溪桥上唱歌、男子的薄情和女子的愁绪、旅居妇人托付船夫寄送家书、女子在昭君坊里和永安宫外游玩、人心的等闲多变、滟滪堆的坚不可摧与情人心的来去不定、女子江边取水、男子烧草灰肥田等风土人情。九首诗组合在一起构成了一幅栩栩如生的风俗画！

一般说来，歌唱往往带有固定的情感倾向，有着固定的形式特征，因此也自然会影响到诗歌风格的形成。《竹枝词》的风格是凄苦的。这一点不仅可以从白居易《忆梦得》诗题自注中“梦得能唱《竹枝》，听者愁绝”的记载看出来，也可以从刘禹锡的诗作中看出。如刘禹锡在《踏歌词》四首其四中说：“日暮江头闻竹枝，南人行乐北人悲。”“闻竹枝”而“北人悲”正说明《竹枝词》风格的凄苦。此外，其他诗人论及《竹枝词》的诗作对此也有体现。如白居易《竹枝词》四首其一、二、四：

瞿唐峡口冷烟低，白帝城头月向西。唱到《竹枝》声咽处，寒猿晴鸟一时啼。

《竹枝》苦怨怨何人？夜静山空歇又闻。蛮儿巴女齐声唱，愁杀江楼病使君。

江畔谁人唱《竹枝》？前声断咽后声迟。怪来调苦缘词苦，多是通州司马诗。

刘商《秋夜听严绅巴童唱竹枝歌》：

巴人远从荆山客，回首荆山楚云隔。思归夜唱竹枝歌，庭槐叶落秋风多。曲中历历叙乡土，乡思绵绵楚词古。……天晴露白钟漏迟，泪痕满面看竹枝。曲终寒竹风袅袅，西方落日东方晓。

这些诗作中“《竹枝》声咽”“《竹枝》苦怨”“调苦”“词苦”“泪痕满面看《竹枝》”也都清楚地印证了《竹枝词》的风格特征。

刘禹锡在《竹枝词》创作中既能注意到巴东、湘、汉一带的民歌，汲取民间歌曲的内容和形式，又加入了文人的思想品味，使《竹枝词》既来自民间，又高于民间，从而受到市井和士林的广泛欢迎。马稚青在《竹枝词研究》中曾高度评价刘禹锡发现《竹枝》曲和创作《竹枝词》的贡献：“《竹枝》先本巴渝俚音，夷歌番舞，绝少人注意之。迨刘、白出，具正法眼，始见其含思宛转，功绩诚不可没焉。”

自从刘禹锡《竹枝词》盛行于世，以后各地文人都模仿他，用这种形式来歌咏本地的风土人情，于是出现了“广东竹枝词”“扬州竹枝词”之类的作品。有些还在每首诗下附上说明，使得“竹枝词”这个名词几乎变成了“风土诗”的代称。

除《竹枝词》九首外，刘禹锡另有《竹枝词》二首，也被郭茂倩收入《乐府诗集·近代曲辞》中。其中《竹枝词》二首其一最为著名：

杨柳青青江水平，闻郎江上唱歌声。东边日出西边雨，道是无晴还有晴。

一般认为，这首诗写的是一位沉浸在初恋中的姑娘的心情，是表现男女朦胧情感的欢歌，“道是无晴还有晴”使用了南朝乐府惯用的双关手法。然而，联系《竹枝词》令“听者愁绝”的曲调风格，就不由会产生疑问，欢快的情歌如何能唱入如此凄苦的曲调？所以，对这首诗的解读还应该回归到字面的本意。诗歌写的就是南方日常生活中的常见场景：江边杨柳，柔条低垂，江面广阔，平滑如镜，在这样优美的环境中从江边传来了唱歌的声音。南方的天气是那么多变，说它是晴天吧，西边还下着雨，说它是雨天吧，东边又还出着太阳。

刘禹锡创作的《竹枝词》，在当时很快便流传到唐代的两京长安和洛阳，成为流行的新歌辞。孟郊《教坊歌儿》就写到长安佛寺讲筵上伶人唱《竹枝词》的情景：

> 十岁小小儿，能歌得朝天。六十孤老人，能诗独临川。去年西京寺，众伶集讲筵。能嘶竹枝词，供养绳床禅。能诗不如歌，怅望三百篇。

长安佛寺在集会讲经的时候，有伶人演唱《竹枝词》的娱乐节目。伶人因为能唱《竹枝词》而得到了丰厚的供养，以致孟郊感慨自己能诗反倒不如能歌者受时人欢迎！

刘禹锡的《竹枝词》，不仅作范当时，而且影响后世。现在所能见到的唐五代人创作的《竹枝词》就有顾况一首、白居易四首、李涉四首、皇甫松六首、孙光宪二首。此后千百年来《竹枝词》创作一直不绝如缕，仅王利器、王慎之、王子今所辑《历代竹枝词》收录唐至清末的《竹枝词》作品就多达二万五千余首。历代文人或用《竹枝词》记述地方民间风情，或描绘世俗百态，讽喻政事，寄托乡思。毫不夸张地说，就作品数量而言，乐府诗史上还没有哪个诗题，可以与《竹枝词》相匹敌。这种情形正如任半塘《竹枝考》所说："来自民间俚艺，受文人重视如此者，史无二例。"

8 为爱失意的怨曲——张祜《长门怨》

《长门怨》属相和歌楚调曲，是特别值得注意的一个乐府曲名。它的特别，首先在于它有一个妇孺皆知的本事，留下了一段"金屋藏娇"的佳话；其次在于自这一曲名产生之后，后世出现了大量拟作，仅郭茂倩《乐府诗集》收录的唐代诗人拟作就多达37首。

我们先从《长门怨》本事说起，这个本事的主人公分别是汉武帝刘彻和他的第一位皇后陈阿娇。

汉武帝刘彻原名刘彘，四岁时被封为胶东王，他的姑母馆陶长公主有个女儿名叫陈阿娇。一天，长公主问他："你长大了要讨媳妇吗?"胶东王说："要啊!"于是长公主指着左右宫人侍女百多人问他想要哪个，胶东王说都不要。最后长公主指着自己的女儿陈阿娇问："那阿娇好不好呢?"胶东王笑着回答说："好啊！如果能娶阿娇做妻子，我一定造一座金屋子给她住。”这就是“金屋藏娇”的由来。

“金屋藏娇”婚约是汉代政治的一个转折点。最初因汉景帝薄皇后无所出，没有嫡子，景帝遵照“立长”传统立庶长子刘荣为太子。馆陶长公主希望自己的女儿陈阿娇能成为皇后，就想把女儿许给太子刘荣。不料遭到刘荣生母栗姬的无礼拒绝。馆陶长公主震怒，遂起废太子之心，转而全面支持刘彘上位。经她一番刻意经营，景帝废了太子刘荣，将其贬为临江王，将其母栗姬打入冷宫。不久，册封刘彘生母王娡为皇后，立刘彘为太子，并给他改名为刘彻，娶陈阿娇为妃。景帝驾崩后，刘彻即位，是为汉武帝，陈阿娇被册封为皇后。

二人结合的初期，汉武帝在政见上与祖母太皇太后窦氏颇有分歧，建元新政更是触及了当权派的既得利益，引起强烈反攻。因皇后陈阿娇极受太皇太后喜爱，加之馆陶长公主与堂邑侯府又全力支持与周旋，汉武帝才得以有惊无险地保住了帝位。那时，“金屋藏娇”就像当时人们所期望的那样，是令人羡慕不已的完美结合——年轻的皇帝与美貌的皇后琴瑟和谐、患难与共。

建元六年（前135），太皇太后窦氏去世，汉武帝亲政，终于坐稳了帝位，大权独揽。可叹的是，曾经令人羡慕的完美夫妻之间却出现了不和谐之音。陈阿娇出身显贵，自幼荣宠至极，性格骄纵率真。又自恃有恩于汉武帝，不肯逢迎屈就，夫妻之间裂痕渐生。加之擅宠十余年，一无所出，汉武帝遂开始厌弃她。

汉武帝好女色，后宫佳丽无数。其中，平阳公主进献的卫子夫最先为汉武帝生育了三个女儿。此时，汉宫里发生了一件真相莫测的巫蛊案，矛头直指被汉武帝冷落已久的皇后陈阿娇。元光五年（前130），汉武帝刘彻以巫蛊罪颁下诏书，废黜了陈阿娇的皇后之位，谪至位于长安城南的冷宫长门宫。至此，金屋坍塌，恩情两负。

陈阿娇遭逢这么大的变故，终日以泪洗面，心境异常落寞。但她又不甘心终老冷宫，突然间想起汉武帝曾对司马相如赋赞不绝口，便欲借司马相如笔墨，感悟主心。于是命一心腹太监，携黄金千斤，求司马相如代做一赋，写自己深居长门的闺怨。司马相如得悉原因，挥毫落笔，立就千言。这赋就叫做《长门赋》。它诉说了一位深宫女子的愁闷悲思，写得婉转凄楚。陈皇后得赋后，命宫人日日传诵，希望汉武帝听到回心转意。汉武帝虽然对《长门赋》表示了称赞，却始终未再见陈阿娇。可惜《长门赋》这篇千古佳文，却最终没能挽回汉武帝的旧情！可叹陈阿娇曾有皇后之尊，却最终在凄清的冷宫里了却了残生！

元朔元年（前128），已生育三女的卫子夫，生下了皇长子刘据，被立为皇后，成为汉武帝的第二任皇后。“金屋藏娇”的故事彻底落幕，它留给人们的，是长长的叹息和无尽的遗憾……

后人因《长门赋》而作《长门怨》，成为乐府传唱的名曲。《长门怨》本事中陈阿娇的遭遇引起了后世无数文人的同情，他们纷纷以此为题进行拟作，郭茂倩《乐府诗集》就收入同题诗42首。

从《长门怨》本事可以推知，它的曲辞应该包含失宠之幽怨和重新获宠之期待两层含义。而从《乐府诗集》所收42首同题诗看，只有梁代柳恽两首《长门怨》歌辞内容与此相符。唐人所作37首《长门怨》，主题有着明显的阶段性变化。在这37首《长门怨》中，写于初盛唐的有19首，作者分别是徐贤妃、沈佺期、吴少微、张修之、齐澣、袁晖、李白、李华、岑参；写于中晚唐的有16首，作者分别是刘长卿、戴叔伦、卢纶、皎然、裴交泰、刘皂、刘言史、刘驾、张祜、郑谷、高蟾、刘媛。初盛唐《长门怨》诗延续了君妃故事主题，总体感情基调怨而不怒，温柔含蓄。诗中景物描写虽为全诗晕染了一层忧伤的底色，但所写景物仍以静美华丽为主，重在抒发良辰美景虚度的怅惘。诗中表达的怨情也多以一种婉转曲折的形式表现，叙述失宠的客观事实，回顾昔日的无上恩宠，不见怨望不满情绪的表露。而中晚唐《长门怨》诗却与初盛唐全然不同，这一时期的《长门怨》诗逐渐摆脱了演绎君妃故事的局限，多借君妃故事暗寓君臣遇合，借咫尺长门闭阿娇的史实，抒发人生失意无南北的感慨。其中最有代表性的，就是张祜的《长门怨》：

日映宫墙柳色寒，笙歌遥指碧云端。珠铅滴尽无心语，强把花枝冷笑看。

张祜，字承吉，郡望清河（今属河北），一说南阳（今属河南），生于苏州（今属江苏），是中晚唐之交有重要影响的

张祜像

诗人。令狐楚很欣赏他的才华，元和十五年（820）曾将他所作三百首诗献给朝廷。当时元稹为相，认为张祜诗多写艳情，奖励这样的诗作，可能会带来负面影响，于是未能任用他。后张祜屡试进士不第，长年漫游各地，多次受辟幕府，沉沦下僚。他有心报国，却苦于陈力无门，最后布衣而终，一生未沾朝廷寸禄。

张祜的这首《长门怨》，与他的人生经历密切相关，是他借《长门怨》中君妃主题外壳暗寓君臣关系，抒发自己终身不达的失意。宫墙里翠绿的柳色在他的眼中，是那么的森寒逼人！宫中的歌舞喧哗对他来说，是那么的遥远！拥有整个皇宫的君王对他来说，是那么的高不可攀，薄情寡恩！此时的他，泪已流尽，无力言语，内心充满着绝望与放弃。对于这样的君王，确实是再也没什么可说的了。强打精神，冷笑看花，其含义是何等深长！这冷笑中，包含着何等的轻蔑和怨毒！这情感中，又包含着何等强烈的失望和决绝！

除《长门怨》外，张祜的《宫词》二首其一“故国三千里，深宫二十年。一声何满子，双泪落君前”也曾盛行一时。史载这首诗传入宫禁，唐武宗病重时，孟才人恳请为他歌一曲，唱到“一声何满子”时，竟气结肠断而死。这种至精至诚的共鸣，正说明了张祜乐府诗的巨大魅力。

张祜一生创作了大量乐府诗，其他如《上巳乐》、《大酺乐》二首、《千秋乐》、《热戏乐》、《春莺啭》、《雨霖铃》、《金殿乐》、《墙头花》二首、《胡渭州》二首、《杨下采桑》、《破阵乐》、《采桑子》、《穆护砂》、《杨柳枝》二首、《氐州第一》、《梦江南》、《玉树后庭花》、《昭君怨》二首、《思归引》、《司马相如琴歌》、《失调名宪宗皇帝挽歌词》、《雉朝飞操》、《襄阳乐》、《塞上曲》、《塞下曲》、《团扇郎》、《琴歌》、《乌夜啼》、《读曲歌》五首、《莫愁乐》、《戎浑》等。他自己还著有《乐府录》，专门收录乐府诗。

这些乐府诗，从分类上看，既有古乐府，也有近代曲辞，还有新乐府。从内容上看，既有边塞题材，如《从军行》《破阵乐》《胡渭州》等，写得或豪迈，或忧愁，或悲凉。也有艳情题材，如《拔蒲歌》写男女情爱、《车遥遥》写男子负心、《折杨柳》写旷夫怨女等。

张祜与杜牧最为友善，杜牧曾作《酬张祜处士》高度肯定他的诗歌成就："七子论诗谁似公，曹刘须在指挥中。荐衡昔日知文举，乞火无人作蒯通。北极楼台长挂梦，西江波浪远吞空。可怜故国三千里，虚唱歌词满六宫。"其中"虚唱歌词满六宫"一句，无疑是对张祜乐府诗最为恰当的评价。

9 执节不移思归去——陆游《思归引》

古琴曲有五曲、九引、十二操，《思归引》是九引之第四引。《思归引》，一名《离拘操》，它的创制本事，见载于蔡邕《琴操》。

在春秋时期，卫侯有位贤良淑德的女儿，邵王听闻她的贤德，想要迎娶她，结果卫女还未过门邵王就逝世了。太子便与群臣商议卫女的去留问题，太子说："我听说齐桓公因为有贤良的卫姬辅佐而称霸，如今这位卫女也以贤良闻名，我们应该将她留下。"大夫说："这万万不可。她如果贤良的话肯定不会听凭我们做主，如果听凭我们做主必然不是贤良之人。"太子执意留下了卫女，她果然不愿听凭他们做主。于是太子将她拘禁在深宫里，卫女想念家乡又不能回去，无奈之中援琴作歌以寄情，曰：

> 涓涓泉水，流及于淇兮。有怀于卫，靡日不思。执节不移兮行不隳，砼轲何辜兮离厥菑，嗟乎何辜兮离厥菑。

这是一首充满悲痛情感的琴歌，是卫女思念家乡，表达其坚守节操和高洁品行的心声！涓涓不断的泉水，最终还是要流到淇河，冷酷的深宫拘禁，也阻不断她对家乡的思念。涓涓泉水流于淇、有怀于卫、执节不移行不隳的声声歌唱，都是她思念故土、欲归去而不得的强力呐喊！曲终之后，卫女自缢而亡。她所作的歌就是《思归引》。

到西晋时，《思归引》仅存乐曲。石崇为之作歌辞道：

> 思归引，归河阳。假余翼，鸿鹤高飞翔。经芒阜，济

> 河梁，望我旧馆心悦康。清渠激，鱼彷徨，雁惊溯波群相将，终日周览乐无方。登云阁，列姬姜，拊丝竹，叩宫商，宴华池，酌玉觞。

石崇还写了一则小序，来解释他写作这首歌辞的缘由。他说，我少年时有大志，能够超越流俗。20 岁在朝为官，在位 25 年，50 岁时因事去官。晚年更喜放纵逸乐，尤喜林泉之乐，于是营造了河阳别业。别业中有水有树，有鸟有鱼，有楼有阁，还有一班伎乐。每日里或游园垂钓，或读书弹琴，或饮酒聚宴，飘飘然如凌云神仙。人间各种繁缛的事务，常常让人生出归隐之叹。后来翻看乐谱，发现有《思归引》曲，感慨古人之心与我之所想一般无二，所以才制有此曲。可惜这首曲子没有歌辞，我就为它做一首歌辞，用来表达我的心声吧！遗憾的是没有精通音乐的人，做一首新曲来演奏它。很显然，石崇所作将《思归引》原有歌辞思念家乡的题旨改为了思归山林。

继石崇之后，《乐府诗集·琴曲歌辞》所收《思归引》只有梁刘孝威和唐张祜各一首，然而二人拟作诗意却与石崇所作大相径庭。到了宋代，终于出现了石崇的异代知音，他就是陆游。陆游同题诗写道：

> 善泅不如稳乘舟，善骑不如谨持辔。妙于服食不如寡欲，工于揣摩不如省事。在天有命谁得逃，在我无求直差易。散人家风脱纠缠，烟蓑雨笠全其天。莼丝老尽归不得，

但坐长饥须俸钱。此身不堪阿堵役，宁待秋风始投檄。山林聊复取熊掌，仕宦真当弃鸡肋。锦城小憩不淹迟，即是轻舠下峡时。那用更为麟阁梦，从今正有鹿门期。

陆游这首诗表达的是厌倦仕宦和官场，渴望归隐山林的愿望。这样的主旨，与石崇作《思归引》歌辞的用意几无二致！更为一致的是，石崇是在他经历 20 多年仕宦风云后作的《思归引》，陆游《思归引》同样作于历经多年谲诡政治之后。

陆游一生都是一位顽强不屈的爱国斗士，这爱国信念，就如同基因一般融入他的血脉之中。在陆游出生的次年，金兵攻陷了北宋首都汴京，他在襁褓中即随家人颠沛流离，这饱经丧乱的生活让他自幼就立志要抗金救国。入仕以后，他始终坚持抗金，在仕途上不断受到主张求和的当权派的排斥打击。严重的一次竟被罢官，无奈回到山阴老家，那年他 39 岁。乾道八年（1172），陆游入四川宣抚使王炎幕府，投身军旅。这首《思归引》就作于该年十一月自益昌至剑南道中，这年他 48 岁。此时的他，纵使毅然投身军旅，纵使仍有满腔报国热情，但多年亲历的仕宦艰难和官场争斗却也让他萌生了归隐之意。他羡慕江湖散人陆龟蒙隐逸的惬意自由，羡慕西晋张翰为莼鲈之思弃官而去的洒脱。相较而言，自己因生计为俸禄所奴役的生活是那样的令人不堪忍受。在他心里，仕宦与归隐相比，就如同鸡肋与熊掌之别。尽管曾经期望能够建立画图麒麟阁的不世功勋，而如今更想要的却是像东汉庞公一样，携带妻儿逃离动荡的社会，过上平静淡泊的隐居生活。

一首乐曲可以有不同的歌辞，不同的歌辞又可以唱出不同的情怀。当年卫女援琴唱出的《思归引》，是思归之歌，这思归，是想要回归家乡。一千多年后陆游在入蜀途中所作《思归引》，也是思归之歌，这思归，是想要回归田园。

10　公无渡河自弃捐——杨维桢《公无渡河》

《公无渡河》一曰《箜篌引》，属相和歌。这一曲调的产生，有一个悲凉的本事。郭茂倩《乐府诗集》引崔豹《古今注》说：

> 《箜篌引》者，朝鲜津卒霍里子高妻丽玉所作也。子高晨起刺船，有一白首狂夫，被发提壶，乱流而渡，其妻随而止之，不及，遂堕河而死。于是援箜篌而歌曰："公无渡河，公竟渡河，堕河而死，将奈公何？"声甚凄怆，曲终亦投河而死。子高还，以语丽玉。丽玉伤之，乃引箜篌而写其声，闻者莫不堕泪饮泣。丽玉以其曲传邻女丽容，名曰《箜篌引》。

这一记载委曲详尽，其中出现了故事发生的时间、地点、人物和事件。故事涉及的人物共有五个，分别是：堕河者白发狂夫、作歌者狂夫之妻，目击和口述者津卒霍里子高，传曲者丽玉和丽容。尤其值得注意的是，这则本事还讲到了曲调风格和接受情况："声甚凄怆"，"闻者莫不堕泪饮泣"。可以看出，

《公无渡河》是一首哀切凄怆的曲子。如果这首曲子依然传世，那该是怎样一种盘旋于天地间的悲怆之音？

根据本事可知，《公无渡河》是一首由朝鲜传入的曲调，它的歌辞只有十六个字："公无渡河，公竟渡河，堕河而死，将奈公何？"公无渡河，是善意的劝诫。不能渡河，不该渡河，因为渡河就意味着死亡。公竟渡河，是无奈的质疑。为什么渡河？既然被告知渡河危险，为什么还是去了？堕河而死，是悲惨的结局。渡河导致死亡，这个悲剧本是可以避免的，只要他服从于任何一个不渡河的理由。但所有不渡河的理由也不能战胜渡河的冲动，所以悲剧又注定是要发生的。其奈公何？是遗憾的追思。悲剧发生了，即使后来者哭泣呼喊，也无力挽回和改变。于是结果又回到了原来的困惑上：为什么渡河？

就是这短短十六字的歌辞，一经传入，便引起了文人的极大关注。自梁至宋，刘孝威、张正见、王建、李贺、温庭筠、王叡、陆游等，均有悲慨动人的拟作。到了元代，杨维桢也作了一首《公无渡河》：

> 公无渡河，河水深兮不见泥。公身非水犀，乌风黑浪欲何济？公不能济，横帆在河西。青头少妇泣血啼，有年不死将谁齐？公死河灵伯，妾死河灵妻。

杨维桢此诗严格遵循古题和本事，对这一本事做了更为详尽的叙写。与原有十六字歌辞相比，这首诗叙述的角度也以狂夫妻子的口吻展开。所不同的是，其中加入了劝诫狂夫不要渡河的具体理由：河水深，乌风黑浪，横帆在河西。这种种的理由使得这位妻子紧张焦急的劝诫中充满着细腻的温情和动人的关切。此外，这首诗还叙写了狂夫妻子在其夫渡河而死之后的心理活动和随夫赴死的举动。随夫赴死本是本事中的情节，这一情节的加入使本事在诗歌中展现得更为完整，狂夫妻子劝诫时的细腻温情也因此深化为同生共死的夫妻深情。而赴死之前心理活动的描写，又让赴死这一举动显得更为顺理成章。如果从关合本事的紧密程度以及对本事展示的完整程度来考量，杨维桢《公无渡河》无疑是元代以前所有拟作中最能完美展现这两点的出色篇章！

11　客游万里望故州——何景明《塘上行》

《塘上行》是相和歌清调六曲的第五曲。《塘上行》古辞今存，被郭茂倩收入《乐府诗集·相和歌辞》中。这首古辞的作者是魏文帝甄皇后，它的诞生关联着甄皇后由得宠而被馋以致被赐死的曲折故事。

甄皇后，生于光和六年（183），卒于黄初二年（221），名不明，一说名甄宓，又称甄夫人。魏文帝曹丕的正室，魏明帝曹叡的生母。中山无极（今河北省无极县）人，上蔡县令甄逸之女。甄氏长得姿容秀美，风采耸动当时。有谚语称：江南有二乔，河北甄宓俏。可见甄氏是与二乔并称的绝色美女。

建安中期，袁绍为次子袁熙纳甄氏为妻。建安四年

(199)，袁熙出任幽州刺史，甄氏留在冀州侍奉婆母刘氏。建安九年（204），冀州邺城被曹操攻破，久闻甄氏美貌的曹丕率先进入了袁绍府邸。甄氏害怕极了，将头埋于刘氏膝上。她哪里料到，这其实是她人生的又一次转机——她的美貌救了她一命并改写了她的人生！曹丕令她抬头，见其果然姿色非凡，称叹良久。曹操听闻曹丕心意，遂为之迎娶。

甄氏过门后深得曹丕宠爱，为其生下一子一女，子为之后的明帝曹叡，女为东乡公主。甄氏得宠又不骄纵，对曹丕的其他姬妾都能以礼相待。对得宠的不妒忌，对失宠的也能安慰开导，并常常劝导曹丕为子孙昌盛计要多娶姬妾。当曹丕要废黜嫡妻任氏时，甄氏还曾流涕固请，为任氏求情。

建安二十五年（220），曹操逝世，曹丕继任魏王。六月，曹丕南征，甄氏被留在邺城。同年，曹丕登基称帝，是为魏文帝。曹丕既成了皇帝，甄氏自信以她与曹丕的恩爱和她的作为，皇后宝座非她莫属。然而，曹丕却让她失望了。

自古绝少专情的男子，贵为帝王的曹丕自不待言。当时在曹丕身边，除了甄氏以外，还有几位姬妾。其中既有退位为山阳公的汉献帝刘协所献的两个女儿，还有贵嫔郭煦、生有皇子曹协的李贵人和东汉大族南阳阴氏女阴贵人。汉献帝的两个女儿和李、阴两位贵人地位并不重要，地位重要且为甄氏带来厄运的是郭煦。她比甄氏更年轻，更漂亮，更有智慧。早在曹丕争夺继承权的时候，她就一直陪伴左右并为其出谋划策。曹丕初即王位时，郭煦便被进为夫人，封号等同于甄氏。曹丕称帝，携郭氏至洛阳，进封贵嫔，地位仅次于皇后。而曹丕不立甄氏为后，让皇后宝座虚悬，也有为郭氏谋划的打算。这让远在邺城的甄氏，愈发失意，多有怨言。因为有着深厚的文学修养，所以她将失意和怨言用诗的形式抒发了出来：

> 蒲生我池中，绿叶何离离。岂无蒹葭艾，与君生别离。莫以贤豪故，弃捐素所爱。莫以麻枲贱，弃捐菅与蒯。莫以鱼肉贱，弃捐葱与薤。

这就是《塘上行》古辞，它是一位妻子对丈夫相思到极致、一往无悔的深情泣诉。其中有被冷落的哀愁与悲痛，有不满现状的压抑，更有哭天天不应、叫地地不灵的失落。这首诗似乎也预示着甄氏的多舛命途，比失宠更大的不幸果然降临了！郭贵嫔乘机向曹丕进谗言，曹丕遂遣使者至邺城将甄氏赐死。殡葬时对其尸身进行了披发覆面，以糠塞口的凌辱，用意是让她在阴间无脸见人，有苦难诉。

黄初三年（222），曹丕册立郭氏为皇后，令甄氏之子曹叡奉郭皇后为母。太和元年（227），曹叡继承帝位，是为魏明帝，生母甄氏被追封为文昭皇后。

尽管甄氏已经香消玉殒，但她所作的《塘上行》古辞却和她的故事一起流传了下来。一千多年后，有位诗人也做了一首《塘上行》，他写道：

> 蒲生寒塘流，日与浮萍俦。风波摇其根，飘转似客

游。客游在万里，日夕望故州。鶗鴂鸣岁暮，蟪蛄知凛秋。暑退厌絺绤，寒至思重裘。佳人不与处，圆魄忽已周。房栊凄鸣玉，纨素谁为收？白云如车盖，冉冉东北浮。安得云中雁，尺帛寄离愁。

写这首《塘上行》的，是明代著名诗人何景明。何景明与李梦阳、康海、王九思、边贡、徐祯卿、王廷相合称“前七子”。何、李二人为文坛领袖，当时“天下语诗文，必并称何、李”。在此之前，明代盛行台阁体，讲究粉饰太平，文辞华美，注重形式。何景明主张文宗秦、汉，古诗宗汉、魏，近体诗宗盛唐，倡导文学复古。这种主张在当时产生了极大影响，并使文风为之一变。他们文学复古运动的核心就是推尊古体，并且注重对古体的揣度模拟。古乐府在他们那里获得了与《诗经》相提并论的重要地位，大量创作古乐府诗是他们文学复古运动的一部分。其中李东阳有《西涯拟古乐府》两卷，收入其拟古乐府 101 首。何景明不仅有古乐府创作，而且还有古乐府选本，他以左克明《古乐府》为蓝本，以“辞古训雅”为标准选其中古雅者 91 首，又择可录者 105 首续之，为《古乐府》三卷。

《塘上行》是何景明古乐府诗中的一首。这首诗沿用原有题名和古辞体式，唯一的变化就是将古辞主旨改换为对思乡情感的表达，通篇都是心理活动的描写。

诗人以蒲草与浮萍起兴，以蒲草和浮萍的随波逐流来比拟自己为生活所役使，身不由己，不得不背井离乡，客游异地的无奈。透露出他对无力主宰自身命运的哀伤和忧郁。在对游子思乡之情的申述中，他又逐渐由思乡转为思人。选用了“鶗鴂”“岁暮”“蟪蛄”“凛秋”“寒至”“重裘”等一系列带有凄清幽冷色彩的意象来渲染烘托他悲凉凄怆的心境和低回宛转的惆怅意绪。而且随着时间的推移，这种思乡怀人的感情越来越显浓重和强烈，清晰地展示出他意识流动的过程。很快，他就把这种情感推向了顶峰：从本心讲，他希望自己能像天边的白云一样自由自在的飘动，转眼之间就能返回故乡。然而，人终究不是云！不得已只好退而求其次，希望云中的归雁，能将写满离愁和思念的书信捎回家乡，带给亲人。

表现羁旅行役、乡关之思，是古代诗歌的传统题材，诗歌史上此类名篇佳作举不胜举。而这首诗却并未给人陈陈相因之感，诗中的情感表达虽然缠绵凄恻，但却体格健朗，古朴厚重，不流于纤弱，与汉魏乐府风神气韵极为接近。很显然，这是与何景明古体取法汉魏的复古文学思想相契合的。尽管有人批评他的复古主张单纯从形式上着眼，并未注重继承古代文学的现实主义传统，大多数作品缺乏特色。但这首《塘上行》，从形式和内容两方面看，都称得上是比较优秀的乐府诗！

12　短歌声中诉相思——黎简《短歌行》

《短歌行》是乐府曲名，是相和歌平调七曲的第二曲。作为乐府曲调，《短歌行》的唱法如今已不得而知，但乐府相和歌平调七曲中除了《短歌行》还有《长歌行》。唐吴兢《乐府古题要解》中引诗有“长歌正激烈”，魏曹丕《燕歌行》中有“短歌微吟不能长”，晋傅玄《艳歌行》中又有“咄来长歌续短歌”。从这些诗句可以看出，“长歌”和“短歌”表明“歌声有长短”。这应是《短歌行》在音乐上的特点。

《短歌行》作为乐曲，自然也有相应的歌辞。但它的古辞早已失传，现存最早的歌辞是曹操的拟作《短歌行》，收入郭茂倩《乐府诗集·相和歌辞》中。郭茂倩在解题中引《乐府解题》说：“《短歌行》，魏武帝‘对酒当歌，人生几何’，晋陆机‘置酒高堂，悲歌临觞’，皆言当及时为乐也。”据此可知，《短歌行》多以表现及时行乐为主旨。在《乐府诗集》中，共有自魏之三祖至晚唐陆龟蒙16位诗人的拟作20多首，可见《短歌行》在后世影响之大。其实，不惟唐及以前诗人有大量拟作，即使到了清代，仍有诗人拟作《短歌行》，比如黎简。

黎简像

黎简，生于乾隆十二年（1747），卒于嘉庆四年（1799），广东顺德县人，字简民，一字未裁，号二樵，又号石鼎道人、百花村夫子。黎简十岁能诗。益都李文藻为朝阳令，见黎简诗，称赞道：“必传之作也。”并劝令就试。学使李调元得其拟昌黎石鼎联句，奇赏之。补弟子员，人号之曰黎石鼎。黎简性情耿介，不慕名利。乾隆五十四年（1789）拔贡，将赴廷试，因父丧未行，遂不复应试。

黎简多才多艺，工诗善画，兼精书法，擅长篆刻，号称“四绝”。他的诗学李贺、黄庭坚，刻意求新，极峻拔清峭之致，能自树一格。清人张维屏《国朝诗人征略》称：“其诗由山谷入杜，而取炼于大谢，取劲于昌黎，取幽于长吉，取艳于玉溪，取瘦于东野，取僻于阆仙。锤焉凿焉，雕焉琢焉，于是成为其二樵之诗。”所与交同邑张锦芳、黄丹书，番禺吕坚皆以诗名。有《五百四峰草堂诗文钞》《药烟阁词钞》等著作传世。他的书法，得晋人之意，中年兼学李北海，晚年写苏黄两家为多，隶书直追《礼器》《熹平石经》，传世书法作品甚丰。他的画擅长山水，与张如芝、谢兰生、罗天池并称“粤东四大家”。他的篆刻，虽属诗书画外之余事，但却得汉人精髓，淳厚苍雄，意格甚高，自成面目。

黎简书法

黎简画

黎简一生未仕，以卖画、卖文、教馆为生，生活清贫。但海内名流，大都钦慕其高节。袁枚当时名动天下，至广州欲求一见，却被黎简拒之门外，一时轰动诗坛。翁方纲任广东学政，未到广州上任，先梦见二樵，更被传为士林佳话。

黎简一生清贫，但却与妻子梁雪伉俪情深。梁雪 20 岁嫁与黎简，二人非常恩爱。为了生计，黎简经常出门，与妻子的分离成为他生活中的憾恨，这在他的不少诗中都有表现。梁雪一直体弱多病，煎服汤药，家中阁名“药烟”以此得之。乾隆四十九年（1784）四月二十一日，梁雪病逝，黎简悲痛欲绝，铸成“长毋相忘”铜印一枚系于妻子臂上，以期来世再结未了之缘。在这年冬天，他写了这首《短歌行》：

岁华殂落心百忧，北风吹日西海头。死人待欲梦相语，我自不睡魂魄阻。魂兮倘自乡里来，应有凄凉告娇女。他时绪梦为耶说，断肠更胜吾梦汝。呜呼！三十八年年岁残，今年实欲无心肝。

在岁华殂落的年底，人们悠闲轻松地准备迎接新年的到来。但这年妻子的病亡，却让他在众人皆欢快时倍感孤寂怅然。他来到北风呼啸的海边，冬日傍晚的太阳照在海滩上，就像昏睡的眼睛一般有气无力。他想到故去的妻子，进而想到妻子的在天之灵应该期待他尽快入睡，好与他在梦中共话凄凉吧！然而，丧妻之痛却煎熬得他夜不能寐。这“欲梦相语”与“我自不睡”所形成的矛盾，愈发凸显了他深切的思念和凄惨的伤悲。而娇女绪梦更是加重了这凄惨的情绪，看着尚未成年的娇女，想着长眠地下的妻子，听着娇女对梦境的诉说，他几乎肝肠寸断。这痛彻心扉的悲伤让他忍不住在平淡真切的叙说中呼喊出来，把那难以驱遣的入骨思念和这思念所带来的悲痛怅惘推到爆发的顶点。一切的思念，一切的痛苦都在这呼喊声中淋漓尽致的表现了出来！情感的浓烈程度和情感表达的强度都达到了无以复加的地步。

尽管黎简一改《短歌行》原有题旨，将对及时行乐的咏唱改为悼亡，但不可否认的是，他的创新性改造却为《短歌行》注入了新鲜因素。这首表现悼亡主题的《短歌行》，即使置于元稹《遣悲怀》三首、陆游《沈园》等一系列著名悼亡诗中也毫不逊色！黎简是一位深情的诗人，他的《短歌行》更是一首深情的乐府诗！

附录　乐府诗本事

1　两汉乐府诗本事

《画一歌》

萧何为法，顜若画一；曹参代之，守而勿失。载其清静，民以宁一。

参始微时，与萧何善；及为将相，有卻。至何且死，所推贤唯参。参代何为汉相国，举事无所变更，一遵萧何约束。

择郡国吏木诎于文辞，重厚长者，即召除为丞相史。吏之言文刻深，欲务声名者，辄斥去之。日夜饮醇酒。卿大夫已下吏及宾客见参不事事，来者皆欲有言。至者，参辄饮以醇酒，间之，欲有所言，复饮之，醉而后去，终莫得开说，以为常。

相舍后园近吏舍，吏舍日饮歌呼。从吏恶之，无如之何，乃请参游园中，闻吏醉歌呼，从吏幸相国召按之。乃反取酒张坐饮，亦歌呼与相应和。

参见人之有细过，专掩匿覆盖之，府中无事。

参子窋为中大夫。惠帝怪相国不治事，以为“岂少朕与”……参免冠谢曰：“陛下自察圣武孰与高帝？”上曰：“朕乃安敢望先帝乎！”曰：“陛下观臣能孰与萧何贤？”上曰：“君似不及也。”参曰：“陛下言之是也。且高帝与萧何定天下，法令既明，今陛下垂拱，参等守职，遵而勿失，不亦可乎？”惠帝曰：“善。君休矣！”

参为汉相国，出入三年。卒，谥懿侯。子窋代侯。百姓歌之曰：“萧何为法，顜若画一；曹参代之，守而勿失。载其清净，民以宁一。”（《史记·曹相国世家》）

《淮南王歌》

一尺布，尚可缝；一斗粟，尚可舂。兄弟二人不相容。

淮南厉王长，高帝少子也，其母故赵王张敖美人。高帝八年，从东垣过赵，赵王献美人，厉王母也，幸，有身。赵王不敢内宫，为筑外宫舍之。及贯高等谋反事觉，并逮治王，尽捕王母兄弟美人，系之河内。厉王母亦系，告吏曰：“日得幸上，有子。”吏以闻，上方怒赵，未及理厉王母。厉王母弟赵兼因辟阳侯言吕后，吕后妒，不肯白，辟阳侯不强争。厉王母已生厉生，恚，即自杀。吏奉厉王诣上，上悔，令吕后母之，而葬其母真定。真定，厉王母家县也。

十一年，淮南王布反，上自将击灭布，即立子长为淮南王。王早失母，常附吕后，孝惠、吕后时以故得幸无患，然常心怨辟阳侯，不敢发。及孝文初即位，自以为最亲，骄蹇，数不奉法。上宽赦之。三年，入朝，甚横。从上入苑猎，与上同辇，常谓上"大兄"。厉王有材力，力扛鼎，乃往请辟阳侯。辟阳侯出见之，即自袖金椎椎之，命从者刑之。驰诣阙下，肉袒而谢曰："臣母不当坐赵时事，辟阳侯力能得之吕后，不争，罪一也。赵王如意子母无罪，吕后杀之，辟阳侯不争，罪二也。吕后王诸吕，欲以危刘氏，辟阳侯不争，罪三也。臣谨为天下诛贼，报母之仇，伏阙下请罪。"文帝伤其志，为亲故不治，赦之。

当是时，自薄太后及太子诸大臣皆惮厉王，厉王以此归国益恣，不用汉法，出入警跸，称制，自作法令，数上书不逊顺……

六年，令男子但等七十人与棘蒲侯柴武太子奇谋，以辇车四十乘反谷口，令人使闽越、匈奴。事觉，治之，乃使使召淮南王。

王至长安，丞相张苍，典客冯敬行御史大夫事，与宗正、廷尉杂奏："……长所犯不轨，当弃市，臣请论如法"。

制曰："朕不忍置法于王，其与列侯吏二千石议。"列侯吏二千石臣婴等四十三人议，皆曰："宜论如法。"制曰："其赦长死罪，废勿王。"有司奏："请处蜀严道邛邮，遣其子、子母从居，县为筑盖家室，皆日三食，给薪菜盐炊食器席蓐。"制曰："食长，给肉日五斤，酒二斗。令故美人材人得

幸者十人从居。”于是尽诛所与谋者。乃遣长，载以辎车，令县次传。(《汉书·淮南衡山传·淮南厉王刘长》)

《卫皇后歌》

生男无喜，生女无怒。独不见卫子夫霸天下？

孝武卫皇后字子夫，生微也。其家号曰卫氏，出平阳侯邑。子夫为平阳主讴者，武帝即位，数年无子。平阳主求良家女十余人，饰置家。帝祓霸上，还过平阳主。主见所偫美人，帝不说。既饮，讴者进，帝独说子夫。帝起更衣，子夫侍尚衣轩中，得幸。还坐欢甚，赐平阳主金千斤。主因奏子夫送入宫。子夫上车，主拊其背曰：“行矣！强饭勉之。即贵，愿无相忘!”入宫岁余，不复幸。武帝择宫人不中用者斥出之，子夫得见，涕泣请出。上怜之，复幸。遂有身，尊宠。召其兄卫长君、弟青侍中。而子夫生三女，元朔元年生男据，遂立为皇后。

先是卫长君死，乃以青为将军，击匈奴有功，封长平侯。青三子在襁褓中，皆为列侯。及皇后姊子霍去病亦以军功为冠军侯，至大司票骑将军。青为大司马大将军。卫氏支属侯者五人。青还，尚平阳主。(《汉书·外戚传·孝武卫皇后》)

《乌孙公主歌》

吾家嫁我兮天一方，远托异国兮乌孙王。穹庐为室兮旃为墙，以肉为食兮酪为浆。居常土思兮心内伤，愿为黄鹄兮归故乡。

始张骞言乌孙本与大月氏共在敦煌间，今乌孙虽强大，可厚赂招，令东居故地，妻以公主，与为昆弟，以制匈奴。……

匈奴闻其与汉通，怒欲击之。又汉使乌孙，乃出其南，抵大宛、月氏，相属不绝。乌孙于是恐，使使献马，愿得尚汉公主，为昆弟。天子问群臣，议许，曰："必先内聘，然后遣女。"乌孙以马千匹聘。汉元封中，遣江都王建女细君为公主，以妻焉。赐乘舆服御物，为备官属宦官侍御数百人，赠送甚盛。乌孙昆莫以为右夫人。匈奴亦遣女妻昆莫，昆莫以为左夫人。

公主至其国，自治宫室居，岁时一再与昆莫会，置酒饮食，以币帛赐王左右贵人。昆莫年老，语言不通，公主悲愁，自为作歌曰："吾家嫁我兮天一方，远托异国兮乌孙王。穹庐为室兮旃为墙，以肉为食兮酪为浆。居常土思兮心内伤，愿为黄鹄兮归故乡。"天子闻而怜之，间岁遣使者持帷帐锦绣给遗焉。(《汉书·西域传·乌孙国》)

司马相如《琴歌》二首

凤兮凤兮归故乡，遨游四海求其凰。时未遇兮无所将，何悟今夕升斯堂。有艳淑女在闺房，室迩人遐毒我肠。何缘交颈为鸳鸯，胡颉颃兮共翱翔。

凤兮凤兮从我栖，得托孳尾永为妃。交情通体心和谐，中夜相从知者谁？双翼俱起翻高飞，无感我思使余悲。

司马相如字长卿，蜀郡成都人也。少时好读书，学击剑，名犬子。相如既学，慕蔺相如之为人也，更名相如。以訾为郎，事孝景帝，为武骑常侍，非其好也。会景帝不好辞赋，是时梁孝王来朝，从游说之士齐人邹阳、淮阴枚乘、吴严忌夫子之徒，相如见而说之，因病免，客游梁，得与诸侯游士居，数岁，乃著《子虚之赋》。

会梁孝王薨，相如归，而家贫无以自业。素与临邛令王吉相善，吉曰："长卿久宦游，不遂而困，来过我。"于是相如往舍都亭，临邛令缪为恭敬，日往朝相如。相如初尚见之，后称病，使从者谢吉，吉愈益谨肃。

临邛多富人，卓王孙僮客八百人，程郑亦数百人，乃相谓曰："令有贵客，为具召之。并召令。"令既至，卓氏客以百数，至日中请司马长卿，长卿谢病不能临。临邛令不敢尝食，身自迎相如，相如为不得已而强往，一坐尽倾。酒酣，临邛令前奏琴曰："窃闻长卿好之，愿以自娱。"相如辞谢，为鼓一再行。是时，卓王孙有女文君新寡，好音，故相如缪与令相重而以琴心挑之。相如时从车骑，雍容闲雅，甚都。及饮卓氏弄琴，文君窃从户窥，心说而好之，恐不得当也。既罢，相如乃令侍人重赐文君侍者通殷勤。文君夜亡奔相如，相如与驰归成都。家徒四壁立。卓王孙大怒曰："女不材，我不忍杀，一钱不分也！"人或谓王孙，王孙终不听。文君久之不乐，谓长卿曰："弟俱如临邛，从昆弟假貣，犹足以为生，何至自苦如此！"相如与俱之临邛，尽卖车骑，买酒舍，乃令文君当卢。相如身自著犊鼻裈，与庸保杂作，涤器于市中。卓王孙耻之，为杜门不出。昆弟诸公更谓王孙曰："有一男两女，所不足者非财也。今文君既失身于司马长卿，长卿故倦游，虽贫，其人材足依也。且又令客，奈何相辱如此！"卓王孙不得已，分与文君僮百人，钱百万，及其嫁时衣被财物。文君乃与相如归成都，买田宅，为富人。(《汉书·司马相如传》)

《李陵歌》

> 径万里兮度沙幕，为君将兮奋匈奴。路穷绝兮矢刃摧，士众灭兮名已隤。老母已死，虽欲报恩将安归！

初，（苏）武与李陵俱为侍中，武使匈奴。明年，陵降，不敢求武。久之，单于使陵至海上，为武置酒设乐，因谓武曰："单于闻陵与子卿素厚，故使陵来说足下，虚心欲相待。终不得归汉，空自苦亡人之地，信义安所见乎？……且陛下春秋高，法令亡常，大臣亡罪夷灭者数十家，安危不可知，子卿尚复谁为乎？愿听陵计，勿复有云。"武曰："武父子亡功德，皆为陛下所成就，位列将，爵通侯，兄弟亲近，常愿肝脑涂地。今得杀身自效，虽蒙斧钺汤镬，诚甘乐之。臣事君，犹子事父也。子为父死亡所恨。愿勿复再言。"陵与武饮数日，复曰："子卿壹听陵言。"武曰："自分已死久矣！"王必欲降武，请毕今日之欢，效死于前！"陵见其至诚，喟然叹曰："嗟乎，义士！陵与卫律之罪上通于天。"因泣下沾衿，与武决去。

陵恶自赐武，使其妻赐武牛羊数十头。后陵复至北海上，语武："区脱捕得云中生口，言太守以下吏民皆白服，曰上崩。”武闻之，南乡号哭，欧血，旦夕临。

数月。昭帝即位。数年，匈奴与汉和亲。汉求武等，匈奴诡言武死。后汉使复至匈奴，常惠请其守者与俱，得夜见汉使。具自陈道。教使者谓单于，言天子射上林中，得雁，足有系帛书，言武等在某泽中。使者大喜，如惠语以让单于。单于视左右而惊，谢汉使曰：“武等实在。”于是李陵置酒贺武曰：“今足下还归，扬名于匈奴，功显于汉室，虽古竹帛所载，丹青所画，何以过子卿！陵虽驽怯，令汉且贳陵罪，全其老母，使得奋大辱之积志，庶几乎曹柯之盟，此陵宿昔之所不忘也。收族陵家，为世大戮，陵尚复何顾乎？已矣！令子卿知吾心耳。异域之人，壹别长绝！”陵起舞，歌曰：“径万里兮度沙幕，为君将兮奋匈奴。路穷绝兮矢刃摧，士众灭兮名已隤。老母已死，虽欲报恩将安归！”陵泣下数行，因与武决。单于召会武官属，前以降及物故，凡随武还者九人。（《汉书·李广苏建传·苏武》）

《范史云歌》

甑中生尘范史云，釜中生鱼范莱芜。

范冉字史云，陈留外黄人也。少为县小吏，年十八，奉檄迎督邮，冉耻之，乃遁去。到南阳，受业于樊英。又游三辅，就马融通经，历年乃还。冉好违时绝俗，为激诡之行。常慕梁伯鸾、闵仲叔之为人。与汉中李固、河内王奂亲善，而鄙贾伟节、郭林宗焉。奂后为考城令，境接外黄，屡遣书请冉，冉不至。及奂迁汉阳太守，将行，冉乃与弟协步赍麦酒，于道侧设坛以待之。冉见奂车徒骆驿，遂不自闻，惟与弟共辩论于路。奂识其声，即下车与相揖对。奂曰："行路仓卒，非陈〔契〕阔之所，可共到前亭宿息，以叙分隔。"冉曰："子前在考城，思欲相从，以贱质自绝豪友耳。今子远适千里，会面无期，故轻行相候，以展诀别。如其相追，将有慕贵之讥矣。"便起告违，拂衣而去。奂瞻望弗及，冉长逝不顾。

桓帝时，以冉为莱芜长，遭母忧，不到官。后辟太尉府，以狷急不能从俗，常佩韦于朝。议者欲以为侍御史，因遁身逃命于梁沛之间，徒行敝服，卖卜于市。

遭党人禁锢，遂推鹿车，载妻子，捃拾自资。或寓息客庐，或依宿树荫。如此十余年，乃结草室而居焉。所止单陋，有时粮粒尽，穷居自若，言貌无改。闾里歌之曰："甑中生尘范史云，釜中生鱼范莱芜。"（《后汉书·独行列传·范冉》）

2 魏晋乐府诗本事

魏·武帝《蒿里行》

关东有义士，兴兵讨群凶。初期会盟津，乃心在咸阳。军合力不齐，踌躇而雁行。势利使人争，嗣还自相戕。淮南弟称号，刻玺于北方。铠甲生虮虱，万姓以死亡。白骨露于野，千里无鸡鸣。生民百遗一，念之断人肠。

会灵帝崩，太子即位，太后临朝。大将军何进与袁绍谋诛宦官，太后不听。进乃召董卓，欲以胁太后。卓未至而进见杀。卓到，废帝为弘农王而立献帝，京都大乱。卓表太祖为骁骑校尉，欲与计事。太祖乃变易姓名，间行东归。出关，过中牟，为亭长所疑，执诣县，邑中或窃识之，为请得解。卓遂杀太后及弘农王。太祖至陈留，散家财，合义兵，将以诛卓。冬十二月，始起兵于己吾。是岁中平六年也。

初平元年春正月，后将军袁术、冀州牧韩馥、豫州刺史孔伷、兖州刺史刘岱、河内太守王匡、勃海太守袁绍、陈留太守张邈、东郡太守桥瑁、山阳太守袁遗、济北相鲍信同时俱起兵，众各数万，推绍为盟主。太祖行奋武将军。

二月，卓闻兵起，乃徙天子都长安。卓留屯洛阳，遂焚宫室。是时绍屯河内，邈、岱、瑁、遗屯酸枣，术屯南阳，伷屯颍川，馥在邺。卓兵强，绍等莫敢先进。太祖曰："举义兵以诛暴乱，大众已合，诸君何疑？向使董卓闻山东兵起，倚王室之重，据二周之险，东向以临天下；虽以无道行之，犹足为患。今焚烧宫室，劫迁天子，海内震动，不知所归，此天亡之时也。一战而天下定矣，不可失也。"遂引兵西，将据成皋。邈遣将卫兹分兵随太祖。到荥阳汴水，遇卓将徐荣，与战不利，士卒死伤甚多。太祖为流矢所中，所乘马被创，从弟洪以马与太祖，得夜遁去。荣见太祖所将兵少，力战尽日，谓酸枣未易攻也，亦引兵还。

太祖到酸枣，诸军兵十余万，日置酒高会，不图进取。太祖责让之，因为谋曰："诸君听吾计，使勃海引河内之众临孟津，酸枣诸将守成皋，据敖仓，塞轘辕、太谷，全制其险；使袁将军率南阳之军军丹、析，入武关，以震三辅：皆高垒深壁，勿与战，益为疑兵，示天下形势，以顺诛逆，可立定也。今兵以义动，持疑而不进，失天下之望，窃为诸君耻之！”邈等不能用。（《三国志·魏书·武帝纪》）

魏·左延年《秦女休行》

始出上西门，遥望秦氏庐。秦氏有好女，自名为女休。休年十四五，为宗行报仇。左执白杨刃，右据宛鲁矛。仇家便东南，仆僵秦女休。女休西上山，上山四五里。关吏呵问女休，女休前置辞：“平生为燕王妇，于今为诏狱囚。平生衣参差，当今无领襦。明知杀人当死，兄言怏怏，弟言无道忧。女休坚辞为宗报仇，死不疑。”杀人都市中，徼我都巷西。丞卿罗东向坐，女休凄凄曳梏前。两徒夹我，持刀刀五尺余。刀未下，朣胧击鼓赦书下。

酒泉烈女庞娥亲者，表氏庞子夏之妻，禄福赵君安之女也。君安为同县李寿所杀，娥亲有男弟三人，皆欲报仇，寿深以为备。会遭灾疫，三人皆死。寿闻大喜，请会宗族，共相庆贺，云：“赵氏强壮已尽，唯有女弱，何足复忧！”防备懈弛。娥亲子淯出行，闻寿此言，还以启娥亲。娥亲既素有报仇之心，及闻寿言，感激愈深，怆然陨涕曰：“李寿，汝莫喜也，终不活汝！戴履天地，为吾门户，吾三子之羞也。焉知娥亲不手刃杀汝，而自侥幸邪？”阴市名刀，挟长持短，昼夜哀酸，志在杀寿。寿为人凶豪，闻娥亲之言，更乘马带刀，乡人皆畏惮之。比邻有徐氏妇，忧娥亲不能制，恐逆见中害，每谏止之，曰："李寿，男子也，凶恶有素，加今备卫在身。赵虽有猛烈之志，而强弱不敌。邂逅不制，则为重受祸于寿，绝灭门户，痛辱不轻也。愿详举动，为门户之计。"娥亲曰："父母之仇，不同天地共日月者也。李寿不死，娥亲视息世间，活复何求！今虽三弟早死，门户泯绝，而娥亲犹在，岂可假手于人哉！若以卿心况我，则李寿不可得杀；论我之心，寿必为我所杀明矣。"夜数磨砺所持刀讫，扼腕切齿，悲涕长叹，家人及邻里咸共笑之。娥亲谓左右曰："卿等笑我，直以我女弱不能杀寿故也。要当以寿颈血污此刀刃，令汝辈见之。"遂弃家事，乘鹿车伺寿。至光和二年二月上旬，以白日清时，于都亭之前，与寿相遇，便下车扣寿马，叱之。寿惊愕，回马欲走。娥亲奋刀斫之，并伤其马。马惊，寿挤道边沟中。娥亲寻复就地斫之，探中树兰，折所持刀。寿被创未死，娥亲因前欲取寿所佩刀杀寿，寿护刀瞋目大呼，跳梁而起。娥亲乃挺身奋手，左抵其额，右椿其喉，反覆盘旋，应手而倒。遂拔其刀以截寿头，持诣都亭，归罪有司，徐步诣狱，辞颜不变。时禄福长汉阳尹嘉不忍论娥亲，即解印绶去官，弛法纵之。娥亲曰："仇塞身死，妾之明分也。治狱制刑，君之常典也。何敢贪生以枉官法？"乡人闻之，倾城奔往，观者如堵焉，莫不为之悲喜慷慨嗟叹也。守尉不敢公纵，阴语使去，以便宜自匿。娥亲抗声大言曰："枉法逃死，非妾本心。今仇人已雪，死则妾分，乞得归法以全国体。虽复万死，于娥亲毕足，不敢贪生为明廷负也。”尉故不听所执，娥亲复言曰：“匹妇虽微，犹知宪制。杀人之罪，法所不纵。今既犯之，义无可逃。乞就刑戮，陨身朝市，肃明王法，娥亲之愿也。”辞气愈厉，面无惧色。尉知其难夺，强载还家。凉州刺史周洪、酒泉太守刘班等并共表上，称其烈义，刊石立碑，显其门间。太常弘农张奂贵尚所履，以束帛二十端礼之。海内闻之者，莫不改容赞善，高大其义。故黄门侍郎安定梁宽追述娥亲，为其作传。玄晏先生以为父母之仇，不与共天地，盖男子之所为也。而娥亲以女弱之微，念父辱之酷痛，感仇党之凶言，奋剑仇颈，人马俱摧，塞亡父之怨魂，雪三弟之永恨，近古已来，未之有也。《诗》云“修我戈矛，与子同仇”，娥亲之谓也。（《三国志·魏书·庞淯传》注）

酒泉庞淯母者，赵氏之女也，字娥。父为同县人所杀，而娥兄弟三人，时俱病物故，仇乃喜而自贺，以为莫己报也。娥阴怀感愤，乃潜备刀兵，常帷车以候仇家。十余年不能得。后遇于都亭，刺杀之。因诣县自首。曰：“父仇已报，请就刑戮。”（福）禄〔福〕长尹嘉义之，解印绶欲与俱亡。娥不肯去。曰：“怨塞身死，妾之明分；结罪理狱，君之常理。何敢苟生，以枉公法！”后遇赦得免。州郡表其闾。太常张奂嘉叹，以束帛礼之。（《后汉书·列女传·庞淯母》）

西晋·傅玄《秋胡行》二首

秋胡子娶妇，三日会行。仕宦既享显爵，保兹德音。

以禄颐亲，韫比黄金。睹一好妇，采桑路傍。遂下黄金，诱以逢卿。玉磨逾洁，兰动弥馨。源流洁清，水无浊波。奈何秋胡，中道怀邪。美此节妇，高行巍峨。哀哉可愍，自投长河。

秋胡纳令室，三日官他乡。皎皎洁妇姿，泠泠守空房。燕婉不终夕，别如参与商。忧来犹四海，易感难可防。人言生日短，愁者苦夜长。百草扬春华，攘腕采柔桑。素手寻繁枝，落叶不盈筐。罗衣翳玉体，回目流采章。君子倦仕归，车马如龙骧。精诚驰万里，既至两相忘。行人悦令颜，情息此树傍。诱以逢卿喻，遂下黄金装。烈烈贞女忿，言辞厉秋霜。长驱及居室，奉金升北堂。母立呼妇来，欢情乐未央。秋胡见此妇，惕然怀探汤。负心岂不惭，永誓非所望。清浊必异源，凫凤不并翔。引身赴长流，果哉洁妇肠。彼夫既不淑，此妇亦太刚。

洁妇者，鲁秋胡子妻也。既纳之五日，去而宦于陈，五年乃归。未至家，见路旁妇人采桑，秋胡子悦之，下车谓曰："若曝采桑，吾行道远，愿托桑荫下餐，下赍休焉。"妇人采桑不辍，秋胡子谓曰："力田不如逢丰年，力桑不如见国卿。吾有金，愿以与夫人。"妇人曰："嘻！夫采桑力作，纺绩织纴，以供衣食，奉二亲，养夫子。吾不愿金，所愿卿无有外意，妾亦无淫泆之志，收子之赍与笥金。"秋胡子遂去。至家，奉金遗母，使人唤妇至，乃向采桑者也，秋胡子惭。妇曰："子束发修身，辞亲往仕，五年乃还，当所悦驰骤，扬尘疾至。今也乃悦路傍妇人，下子之粮，以金予之，是忘母也。忘母不孝，好色淫泆，是污行也，污行不义。夫事亲不孝，则事君不忠。处家不义，则治官不理。孝义并亡，必不遂矣。妾不忍见，子改娶矣，妾亦不嫁。”遂去而东走，投河而死。君子曰：“洁妇精于善夫。不孝莫大于不爱其亲而爱其人，秋胡子有之矣。”君子曰：“见善如不及，见不善如探汤。秋胡子妇之谓也。”诗云：“惟是褊心，是以为刺。”此之谓也。颂曰：秋胡西仕，五年乃归，遇妻不识，心有淫思。妻执无二，归而相知，耻夫无义，遂东赴河。（《列女传·节义传》）

杜陵秋胡者，能通《尚书》，善为古隶字，为翟公所礼，欲以兄女妻之。或曰：“秋胡已经娶而失礼。妻遂溺死，不可妻也。”驰象曰：“昔鲁人秋胡，娶妻三月而游宦三年，休，还家，其妇采桑于郊，胡至郊而不识其妻也，见而悦之，乃遗黄金一镒。妻曰：“妾有夫，游宦不返，幽闺独处，三年于兹，未有被辱如今日也。”采不顾，胡惭而退，至家，问家人妻何在，曰：“行采桑于郊，未返。”既还，乃向所挑之妇也。夫妻并惭。妻赴沂水而死。今之秋胡，非昔之秋胡也。昔鲁有两曾参，赵有两毛遂。南曾参杀人见捕，人以告北曾参母。野人毛遂坠井而死，客以告平原君。平原君曰：“嗟乎，天丧予矣！”既而知野人毛遂，非平原君客也。岂得以昔之秋胡失礼，而绝婚今之秋胡哉？物固亦有似之而非者。玉之未理者为璞，死鼠未腊者亦为璞。月之旦为朔，车之辀亦谓之朔，名齐实异，所宜辨也。（《西京杂记》卷六）

西晋·石崇《楚妃叹》

荡荡大楚，跨土万里。北据方城，南接交趾，西抚巴汉，东被海涘。五侯九伯，是疆是理。矫矫庄王，渊渟岳峙、冕旒垂精，充纩塞耳。韬光戢曜，潜默恭己。内委樊姬，外任孙子。猗猗樊姬，体道履信。既绌虞丘，九女是进。杜绝邪佞，广启令胤。割欢抑宠，居之不吝。不吝实难，可谓知几。化自近始，著于闺闱。光佐霸业，迈德扬威。群后列辟，式瞻洪规。譬彼江海，百川咸归。万邦作歌，身没名飞。

樊姬，楚庄王之夫人也。庄王即位，好狩猎。樊姬谏不止，乃不食禽兽之肉，王改过，勤于政事。王尝听朝罢晏，姬下殿迎曰："何罢晏也，得无饥倦乎？"王曰："与贤者语，不知饥倦也。"姬曰："王之所谓贤者何也？"曰："虞丘子也。"姬掩口而笑，王曰："姬之所笑何也？"曰："虞丘子贤则贤矣，未忠也。"王曰："何谓也？"对曰："妾执巾栉十一年，遣人之郑卫，求美人进于王。今贤于妾者二人，同列者七人。妾岂不欲擅王之爱宠哉！妾闻'堂上兼女，所以观人能也。'妾不能以私蔽公，欲王多见知人能也。今虞丘子相楚十余年，所荐非子弟，则族昆弟，未闻进贤退不肖，是蔽君而塞贤路。知贤不进，是不忠；不知其贤，是不智也。妾之所笑，不亦可乎！"王悦。明日，王以姬言告虞丘子，丘子避席，不知所对。于是避舍，使人迎孙叔敖而进之，王以为令尹。治楚三年，而庄王以霸。楚史书曰：“庄王之霸，樊姬之力也。”《诗》曰：“大夫夙退，无使君劳。”其君者，谓女君也。又曰：“温恭朝夕，执事有恪。”此之谓也。颂曰：樊姬谦让，靡有嫉妒，荐进美人，与己同处。非刺虞丘，蔽贤之路，楚庄用焉，功业遂伯。（《列女传·贤明传》）

《徐州歌》

海沂之康，实赖王祥。邦国不空，别驾之功。

王祥字休徵，琅邪临沂人，汉谏议大夫吉之后也。祖仁，青州刺史。父融，公府辟不就。

祥性至孝。早丧亲，继母朱氏不慈，数谮之，由是失爱于父。每使扫除牛下，祥愈恭谨。父母有疾，衣不解带，汤药必亲尝。母常欲生鱼，时天寒冰冻，祥解衣将剖冰求之，冰忽自解，双鲤跃出，持之而归。母又思黄雀炙，复有黄雀数十飞入其幙，复以供母。乡里惊叹，以为孝感所致焉。有丹柰结实，母命守之，每风雨，祥辄抱树而泣。其笃孝纯至如此。

汉末遭乱，扶母携弟览避地庐江，隐居三十余年，不应州郡之命。母终，居丧毁瘁，杖而后起。徐州刺史吕虔檄为别驾，祥年垂耳顺，固辞不受。览劝之，为具车牛，祥乃应召，虔委以州事。于时寇盗充斥，祥率励兵士，频讨破之。州界清静，政化大行。时人歌之曰：“海沂之康，实赖王祥。邦国不空，别驾之功。”（《晋书·王祥传》）

《豫州歌》

幸哉遗黎免俘虏，三辰既朗遇慈父，玄酒忘劳甘瓠脯，何以咏思歌且舞。

祖逖字士稚，范阳遒人也。世吏二千石，为北州旧姓。……逖以社稷倾覆，常怀振复之志。……时帝方拓定江南，未遑北伐，逖进说曰："晋室之乱，非上无道而下怨叛也。由藩王争权，自相诛灭，遂使戎狄乘隙，毒流中原。今遗黎既被残酷，人有奋击之志。大王诚能发威命将，使若逖等为之统主，则郡国豪杰必因风向赴，沈弱之士欣于来苏，庶几国耻可雪，愿大王图之。"帝乃以逖为奋威将军、豫州刺史，给千人廪，布三千匹，不给铠仗，使自招募。仍将本流徙部曲百余家渡江，中流击楫而誓曰："祖逖不能清中原而复济者，有如大江！"辞色壮烈，众皆慨叹。屯于江阴，起冶铸兵器，得二千余人而后进。……

逖爱人下士，虽疏交贱隶，皆恩礼遇之，由是黄河以南尽为晋土。河上堡固先有任子在胡者，皆听两属，时遣游军伪抄之，明其未附。诸坞主感戴，胡中有异谋，辄密以闻。前后克获，亦由此也。其有微功，赏不逾日。躬自俭约，劝督农桑，克己务施，不畜资产，子弟耕耘，负担樵薪，又收葬枯骨，为之祭醊，百姓感悦。尝置酒大会，耆老中坐流涕曰："吾等老矣！更得父母，死将何恨！"乃歌曰："幸哉遗黎免俘虏，三辰既朗遇慈父，玄酒忘劳甘瓠脯，何以咏恩歌且舞。"其得人

心如此。故刘琨与亲故书，盛赞逖威德。诏进逖为镇西将军。(《晋书·祖狄传》)

《吴人歌》

纨如打五鼓，鸡鸣天欲曙。邓侯挽不留，谢令推不去。

邓攸字伯道，平阳襄陵人也。……元帝以攸为太子中庶子。时吴郡阙守，人多欲之，帝以授攸。攸载米之郡，俸禄无所受，唯饮吴水而已。时郡中大饥，攸表振贷，未报，乃辄开仓救之。台遣散骑常侍桓彝、虞𩦎慰劳饥人，观听善不，乃劾攸以擅出谷。俄而有诏原之。攸在郡刑政清明，百姓欢悦，为中兴良守。后称疾去职。郡常有送迎钱数百万，攸去郡，不受一钱。百姓数千人留牵攸船，不得进，攸乃小停，夜中发去。吴人歌之曰："纨如打五鼓，鸡鸣天欲曙。邓侯挽不留，谢令推不去。"百姓诣台乞留一岁，不听。(《晋书·邓攸传》)

3 南朝乐府诗本事

东晋·刘妙容《宛转歌》二首

月既明，西轩琴复清。寸心斗酒争芳夜，千秋万岁同一情。歌宛转，宛转凄以哀。愿为星与汉，光影共徘徊。

悲且伤，参差泪成行。低红掩翠方无色，金徽玉轸为谁锵？歌宛转，宛转情复悲。愿为烟与雾，氛氲对容姿。

晋有王敬伯者，会稽余姚人。少好学，善鼓琴。年十八，仕于东宫，为卫佐。休假还乡，过吴，维舟中渚。登亭望月，怅然有怀，乃倚琴歌《泫露》之诗。俄闻户外有嗟赏声，见一女子，雅有容色，谓敬伯曰："女郎悦君之琴，愿共抚之。"敬伯许焉。既而女郎至，姿质婉丽，绰有余态，从以二少女，一则向先至者。女郎乃抚琴挥弦，调韵哀雅，类今之登歌，曰："古所谓《楚明君》也，唯嵇叔夜能为此声，自兹已来，传习数人而已。"复鼓琴，歌《迟风》之词，因叹息久之。乃命大婢酌酒，小婢弹箜篌，作《宛转歌》。女郎脱头上金钗，扣琴弦而和之，意韵繁谐，歌凡八曲。敬伯唯忆二曲。将去，留锦卧具、绣香囊并佩一双，以遗敬伯。敬伯报以牙火笼、玉琴轸。女郎怅然不忍别，且曰："深闺独处，十有六年矣。邂逅旅馆，尽平生之志，盖冥契，非人事也。"言竟便去。敬伯船至虎牢戍，吴令刘惠明者，有爱女早世，舟中亡卧具，于敬伯船获焉。敬伯具以告，果于帐中得火笼、琴轸。女郎名妙容，字雅华，大婢名春条，年二十许，小婢名桃枝，年十五，皆善弹箜篌及《宛转歌》，相继俱卒。(《续齐谐记》)

《乌夜啼》八曲

歌舞诸少年，娉婷无种迹。菖蒲花可怜，闻名不曾识。

长樯铁鹿子，布帆阿那起。托侬安在间，一去数千里。

辞家远行去，侬欢独离居。此日无啼音，裂帛作还书。

可怜乌臼鸟，强言知天曙。无故三更啼，欢子冒暗去。

鸟生如欲飞，二飞各自去。生离无安心，夜啼至天曙。

笼窗窗不开，荡户户不动。欢下葳蕤籥，交侬那得往？

远望千里烟，隐当在欢家。欲飞无两翅，当奈独思何！

巴陵三江口，芦荻齐如麻。执手与欢别，痛切当奈何！

《乌夜啼》者，元嘉二十八年，彭城王义康有罪，放逐，行次浔阳；江州刺史衡阳王义季，留连饮宴，历旬不去。帝闻而怒，皆囚之。会稽公主，姊也，尝与帝宴洽，中席起拜。帝未达其旨，躬止之。主流涕曰：“车子岁暮，恐不为阶下所容！”车子，义康小字也。帝指蒋山曰：“必无此！不尔，便负初。”宁陵，武帝葬于蒋山，故指先帝陵为誓。因封余酒，寄义康，且曰：“昨与会稽姊饮，乐，忆弟，故府所饮酒往。”遂宥之。使未达浔阳，衡阳家人扣二王所囚院曰：“昨夜乌夜啼，官当有赦。”少顷，使至，二王得释，故有此曲。亦入琴操。(《教坊记》)

《乌夜啼》，宋临川王义庆所作也。元嘉十七年，徙彭城王义康于豫章。义庆时为江州，至镇，相见而哭，为帝所怪，征还宅，大惧。妓妾夜闻乌啼声，扣斋阁云：“明日应有赦。”其年更为南兖州刺史，作此歌。故其和云：“笼窗窗不开，乌夜啼，夜夜望郎来。”今所传歌似非义庆本旨。辞曰：“歌舞诸少年，娉婷无种迹。菖蒲花可怜，闻名不相识。”（《旧唐书·音乐志》）

宋·吴迈远《杞梁妻》

灯竭从初明，兰凋犹早薰。扼腕非一代，千载炳遗文。贞夫沦莒役，杜吊结齐君。惊心眩白日，长洲崩秋云。精微贯穹旻，高城为隤坟。行人既迷径，飞鸟亦失群。壮哉金石躯，出门形影分。一随尘壤消，声誉谁共论?

齐杞梁妻，齐杞梁殖之妻也。庄公袭莒，殖战而死。庄公归，遇其妻，使使者吊之于路。杞梁妻曰："今殖有罪，君何辱命焉。若令殖免于罪，则贱妾有先人之弊庐在下，妾不得与郊吊。"于是庄公乃还车诣其室，成礼然后去。杞梁之妻无子，内外皆无五属之亲。既无所归，乃枕其夫之尸于城下而哭之，内诚动人，道路过者莫不为之挥涕，十日，而城为之崩。既葬，曰："吾何归矣？夫妇人必有所倚者也。父在则倚父，夫在则倚夫，子在则倚子。今吾上则无父，中则无夫，下则无子。内无所依，以见吾诚；外无所倚，以立吾节。吾岂能更二哉！亦死而已。"遂赴淄水而死。君子谓杞梁之妻贞而知礼。诗云："我心伤悲，聊与子同归。"此之谓也。颂曰：杞梁战死，其妻收丧，齐庄道吊，避不敢当。哭夫于城，城为之崩，自以无亲，赴淄而薨。(《列女传·贞顺传》)

齐·谢朓《钧天曲》

高宴浩天台，置酒迎风观。笙镛礼百神，钟石动云汉。瑶台琴瑟惊，绮席舞衣散。威凤来参差，玄鹤起流乱。已庆明庭乐，讵惭南风弹。

赵简子疾，五日不知人，大夫皆惧。医扁鹊视之，出，董安于问。扁鹊曰："血脉治也，而何怪！在昔秦缪公尝如此，七日而寤。寤之日，告公孙支与子舆曰：'我之帝所甚乐。吾所以久者，适有学也。帝告我：'晋国将大乱，五世不安；其后将霸，未老而死；霸者之子且令而国男女无别。'公孙支书而藏之，秦谶于是出矣。献公之乱，文公之霸，而襄公败秦师于殽而归纵淫，此子之所闻。今主君之疾与之同，不出三日疾必间，间必有言也。"

居二日半，简子寤。语大夫曰："我之帝所甚乐，与百神游于钧天，广乐九奏万舞，不类三代之乐，其声动人心。有一熊欲来援我，帝命我射之，中熊，熊死。又有一罴来，我又射之，中罴，罴死。帝甚喜，赐我二笥，皆有副。吾见儿在帝侧，帝属我一翟犬，曰：'及而子之壮也，以赐之。'帝告我：'晋国且世衰，七世而亡，嬴姓将大败周人于范魁之西，而亦不能有也。今余思虞舜之勋，适余将以其胄女孟姚配而七世之孙。'"董安于受言而书藏之。以扁鹊言告简子，简子赐扁鹊田四万亩。（《史记·赵世家》）

梁·武帝《朝云曲》

张乐阳台歌上谒，如寝如兴芳晻暧。容光既艳复还没。复还没，望不来。巫山高，心徘徊。

楚襄王与宋玉游云梦之台，望高唐之观，独有云气，变化无穷。王问玉曰："此何气也？"玉曰："所谓朝云也。"王曰：

“何谓朝云也?”玉曰:“昔者先王尝游高唐，怠而昼寝，梦见一妇人曰:‘妾巫山之女也，为高唐之客。闻君游高唐，愿荐枕席。’王因幸之。去而辞曰:‘妾在巫山之阳，高丘之阻，旦为朝云，暮为行雨，朝朝暮暮，阳台之下。’旦朝视之如言，故为立庙，号曰朝云。”(宋玉《高唐赋序》)

《始兴王歌》

始兴王，人之爹，赴人急，如水火，何时复来哺乳我?

始兴忠武王憺字僧达，文帝第十一子也。仕齐为西中郎外兵参军。武帝起兵，憺为相国从事中郎，与南平王伟留守。齐和帝即位，以憺为给事黄门侍郎。时巴东太守萧惠训子璝等兵逼荆州，萧颖胄暴卒，尚书仆射夏侯详议迎憺行荆州事。憺率雍州将吏赴之，书喻璝等皆降。是冬，武帝平建邺。明年，和帝诏以憺为都督、荆州刺史。天监元年，加安西将军，封始兴郡王。时军旅之后，公私匮乏，憺厉精为政，广辟屯田，减省力役，存问兵死之家，供其穷困，人甚安之。是岁嘉禾生，一茎六穗，甘露降于黄阁。四年，荆州大旱，憺使祠于天井，有巨蛇长二丈出绕祠坛，俄而注雨，岁大丰。憺自以少年始居重任，开导物情，辞讼者皆立待符教，决于俄顷，曹无留事，下无滞狱。六年，州大水，江溢堤坏，憺亲率将吏，冒雨赋丈尺筑之，而雨甚水壮，众皆恐，或请避焉。憺曰:“王尊尚欲身塞河堤，我独何心以免?”乃登堤叹息，终日辍膳，刑白马祭江神。酹酒于流，以身为百姓请命，言终而水退堤立。邴洲在南岸，数百家见水长惊走，登屋缘树。憺募人救之，一口赏一万。估客数十人应募，洲人皆以免，吏人叹服，咸称神勇。又分遣诸郡遭水死者给棺槥，失田者与粮种。是岁嘉禾生于州界，吏人归美焉。七年，慈母陈太妃薨，水浆不入口六日，居丧过礼，武帝优诏勉之，使摄州任。是冬，诏征以本号还朝。人歌曰："始兴王，人之爹，徙赴人急，如水火，何时复来哺乳我？"荆土方言谓父为爹，故云。(《南史·始兴忠武王憺传》)

《鄱阳歌》二首

鲜于抄后善恶分，人无横死赖陆君。

陆君政，无怨家。斗既罢，仇共车。

大通七年，(梁陆襄）为鄱阳内史。先是郡人鲜于琮服食修道法，常入山采药，拾得五色幡毦，又于地中得石玺，窃怪之。琮先与妻别室，望琮所处常有异气，益以为神。大同元年，遂结门徒杀广晋令王筠，号上愿元年，署置官属。其党转相诳惑，有众万余人，将出攻郡。襄先已率人吏修城隍为备，及贼至破之，生获琮。时邻郡豫章、安成等守宰案其党与，因求货贿，皆不得其实。或有善人尽室罹祸，唯襄郡枉直无滥。人作歌曰："鲜于抄后善恶分，人无横死赖陆君。"

又有彭、李二家，先因忿争，遂相诬告。襄引入内室，不加责诮，但和言解喻之。二人感恩，深自悔咎。乃为设酒食令其尽欢，酒罢同载而还，因相亲厚。人又歌曰："陆君政，无怨家。斗既罢，仇共车。"(《南史·陆慧晓传附襄传》)

4　北朝乐府诗本事

《苻坚时长安歌》

一雌复一雄，双飞入紫宫。

初，坚之灭燕，（慕容）冲姊为清河公主，年十四，有殊色，坚纳之，宠冠后庭。冲年十二，亦有龙阳之姿，坚又幸之。姊弟专宠，宫人莫进。长安歌之曰："一雌复一雄，双飞入紫宫。"咸惧为乱。王猛切谏，坚乃出冲。（《晋书·载记·苻坚》）

《后魏宣武孝明时谣》

狐非狐，貉非貉，焦梨狗子啮断索。

宇文泰迎帝于东阳，帝劳之，将士皆呼万岁。遂入长安。以雍州公廨为宫，大赦。甲寅，高欢推司徒、清河王亶为大司马，承制总万机，居尚书省。欢追车驾至潼关。九月己酉，欢东还洛阳。帝亲督众攻潼关，斩其行台薛长瑜，又克华州。其冬十月，高欢推清河王亶子善见为主，徙都邺，是为东魏。魏于此始分为二。帝之在洛也，从妹不嫁者三：一曰平原公主明月，南阳王同产也；二曰安德公主，清河王怿女也；三曰蒺藜，亦封公主。帝内宴，命诸妇人咏诗。或咏鲍照乐府曰："朱门九重门九闺，愿逐明月入君怀。"帝既以明月入关，蒺藜自缢。宇文泰使元氏诸王取明月杀之。帝不悦，或时弯弓，或时推案，君臣由此不安平。闰十二月癸巳，潘弥奏言：“今日当甚有急兵。”其夜，帝在逍遥园宴阿至罗，顾侍臣曰：“此处仿佛华林园，使人聊增凄怨。”命取所乘波斯骝马，使南阳王跃之。将攀鞍，蹶而死，帝恶之。日晏还宫，至后门，马惊不前，鞭打入。谓潘弥曰：“今日幸无他不?”弥曰：“过夜半则大吉，”须臾，帝饮酒，遇鸩而崩，时年二十五。谥曰孝武。殡于草堂佛寺。十余年乃葬云陵。始宣武、孝明间谣曰：“狐非狐，貉非貉，焦梨狗子啮断索。”识者以为索谓本索发，焦梨狗子指宇文泰，俗谓之黑獭也。(《北史·魏本纪》)

《咸阳王歌》

可怜咸阳王，奈何作事误？金床玉几不能眠，夜蹋霜与露。洛水湛湛弥岸长，行人那得度！

咸阳王禧字思永，太和九年封，加侍中、骠骑大将军、中都大官。……寻以禧长兼太尉公。后帝幸禧第，谓司空穆亮、仆射李冲曰：“元弟禧戚连皇极，且长兼太尉，以和饪鼎，朕恒恐君有空授之名，臣贻彼己之刺。今幸其宅，徒屈二宾，良以为愧。”帝笃于兄弟，以禧次长，礼遇优隆。然亦知其性贪，每加切诫，而终不改操。后加侍中，正太尉。及帝崩，禧受遗辅政。虽为宰辅之首，而潜受贿赂。姬妾数十，意尚未已，犹欲远有简娉，以恣其情。宣武颇恶之。景明二年春，召禧等入光极殿，诏曰：“恪比缠尪疾，实凭诸父。今便亲摄百揆。且还府司，当别处分。”寻诏进位太保，领太尉。帝既览政，禧意不安，遂与其妃兄兼给事黄门侍郎李伯尚谋反。……禧临尽，畏迫丧志，乃与诸妹公主等诀，言及一二爱妾。公主哭且骂之，言：“坐多取此婢辈，贪逐财物，致今日之事，何复嘱问此等！”禧愧而无言。遂赐死私第，绝其诸子属籍。禧之诸女，微给资产、奴婢。自余家财悉以赉高肇、赵修二家，其余赐内外百官，逮于流外，多百匹，下至十匹，其积聚若此。其宫人为之歌曰：“可怜咸阳王，奈何作事误？金床玉几不能眠，夜蹋霜与露。洛水湛湛弥岸长，行人那得度！”其歌遂流至江表。北人之在南者，虽富贵，闻弦管奏之，莫不洒泣。（《北史·献文六王传》）

《曲堤谣》

曲堤虽险贼何益，但有宋公自屏迹。

（宋）世良字元友。年十五，便有胆气。后随伯父翻在南兖州，屡有战功。……后拜清河太守。世良才识闲明，尤善政术。在郡未几，声问甚高。阳平郡移掩劫盗三十余人，世良讯其情状，唯送十二人，余皆放之。阳平太守魏明朗大怒云：“辄放吾贼！”及推问，送者皆实，放者皆非。明朗大服。郡东南有曲堤，成公一姓阻而居之，群盗多萃于此。人为之语曰：“宁度东吴会稽，不历成公曲堤。”世良施八条之制，盗奔他境。人又谣曰：“曲堤虽险贼何益，但有宋公自屏迹。”齐天保初，大赦，郡无一囚，率群吏拜诏而已。狱内穞生，桃树蓬蒿亦满。每日牙门虚寂，无复诉讼者，谓之神门。（《北史·宋隐传附世良传》）

《赵郡谣》

诈作赵郡鹿，犹胜常山粟。

李孝伯，高平公顺从父弟也。父曾，少以郑氏《礼》、《左氏春秋》教授为业。郡三辟功曹，并不就，曰："功曹之职，虽曰乡选高第，犹是郡吏耳；北面事人，亦何容易。"州辟主簿，到官月余，乃叹曰："梁敬叔云'州郡之职，徒劳人耳'。道之不行，身之忧也。"遂还家讲授。道武时，为赵郡太守，令行禁止。并州丁零数为山东害，知曾能得百姓死力，惮不入境。贼于常山界得一死鹿，贼长谓赵郡地也，责之，还令送鹿故处。郡谣曰："诈作赵郡鹿，犹胜常山粟。"其见惮如此。（《北史·李孝伯传》）

《郑公歌》

大郑公，小郑公，相去五十载，风教犹尚同。

敬祖弟述祖，字恭文。少聪敏，好属文，有风检，为先达所称誉。历位司徒左长史、尚书、侍中、太常卿、丞相右长史。齐天保中，历太子少保、左光禄大夫、仪同三司、兖州刺史。时穆子容为巡省使，叹曰："古人有言，闻伯夷之风，贪夫廉，懦夫有立志，今于郑兖州见之矣。"迁光州刺史。初，述祖父为光州，于郑城南小山起斋亭，刻石为记。述祖时年九岁。及为刺史，往寻旧迹，得一破石，有铭云："中岳先生郑道昭之白云堂。"述祖对之呜咽，悲动群僚。有人入市盗布，其父怒曰："何负吾君?"执之以归首。述祖特原之，自是境内无盗。百姓歌曰："大郑公，小郑公，相去五十载，风教犹尚同。"(《北史·郑羲传附述祖传》)

《裴公歌》

肥鲜不食，丁庸不取；裴公贞惠，为世规矩。

(裴)侠躬履俭素，爱人如子，所食唯菽麦盐菜而已，吏人莫不怀之。此郡旧制，有渔猎夫三十人以供郡守。侠曰："以口腹役人，吾所不为也。"乃悉罢之。又有丁三十人，供郡守役，侠亦不以入私，并收庸为市官马。岁时既积，马遂成群。去职之日，一无所取。人歌曰："肥鲜不食，丁庸不取；裴公贞惠，为世规矩。"(《北史·裴侠传》)

5 唐代乐府诗本事

章怀太子《黄台瓜辞》

种瓜黄台下，瓜熟子离离。一摘使瓜好，再摘令瓜稀，三摘犹尚可，摘绝抱蔓归。

广平王收复两京，遣判官李泌入朝献捷。泌与上有东宫之旧，从容语及建宁事，肃宗改容谓泌曰："倓于艰难时实得气力，无故为下人之所间，欲图害其兄，朕以社稷大计，割爱而为之所也。”泌对曰：“尔时臣在河西，岂不知其故。广平兄弟，天伦笃睦，至今广平言及建宁，则呜咽不已。陛下之言，出于谗口也。”帝因泣下曰：“事已及此，无如之何！”泌因奏曰：“臣幼稚时念《黄台瓜辞》，陛下尝闻其说乎？高宗大帝有八子，睿宗最幼。天后所生四子，自为行第，故睿宗第四。长曰孝敬皇帝，为太子监国，而仁明孝悌。天后方图临朝，乃鸩杀孝敬，立雍王贤为太子。贤每日忧惕，知必不保全，与二弟同侍于父母之侧，无由敢言。乃作《黄台瓜辞》，令乐工歌之，冀天后闻之省悟，即生哀愍。辞云：‘种瓜黄台下，瓜熟子离离。一摘使瓜好，再摘令瓜稀，三摘犹尚可，四摘抱蔓归。’而太子贤终为天后所逐，死于黔中。陛下有今日运祚，已一摘矣，慎无再摘。”上愕然曰：“公安得有是言！”时广平王立大功，亦为张皇后所忌，潜构流言，泌因事讽动之。（《旧唐书·肃宗代宗诸子传》）

李景伯《回波乐》

回波尔时酒卮，微臣职在箴规。侍宴既过三爵，喧哗窃恐非仪。

（李）景伯，景龙中为给事中，又迁谏议大夫。中宗尝宴侍臣及朝集使，酒酣，令各为《回波辞》。众皆为諂佞之辞，及自要荣位。次至景伯，曰：“回波尔时酒卮，微臣职在箴规。侍宴既过三爵，喧哗窃恐非仪。”中宗不悦，中书令萧至忠称之曰：“此真谏官也。”景云中，累迁右散骑常侍，寻以老疾致仕。（《旧唐书·李怀远传附景伯传》）

刘希夷《白头吟》

洛阳城东桃李花，飞来飞去落谁家？洛阳女儿惜颜色，行逢落花长叹息。今年花落颜色改，明年花开复谁在？已见松柏摧为薪，更闻桑田变成海。古人无复洛城东，今人还对落花风。年年岁岁花相似，岁岁年年人不同。寄言全盛红颜子，须怜半死白头翁。此翁白头真可怜，伊昔红颜美少年。公子王孙芳树下，清歌妙舞落花前。光禄池台文锦绣，将军楼阁画神仙。一朝卧病无人识，三春行乐在谁边？宛转蛾眉能几时，须臾白发乱如丝。但看旧来歌舞地，唯有黄昏鸟雀悲。

诗人刘希夷尝为诗曰："今年花落颜色改，明年花开复谁在？"忽然悟曰："其不祥欤。"复构思逾时，又曰："年年岁岁花相似，岁岁年年人不同。"又恶之。或解之曰："何必其然。"遂两留之，果以来春之初下世。（《本事诗》）

韦绚集刘禹锡之言为《嘉话录》，载刘希夷诗云："年年岁岁花相似，岁岁年年人不同。"希夷之舅宋之问爱此句，欲夺之，希夷不与。之问怒，以土囊压杀希夷。世谓之问末节贬死，乃刘生之报也。吾观之问集中，尽有好处，而希夷之句，殊无可采，不知何至压杀而夺之，真枉死也。（《临汉隐居诗话》）

刘希夷，一名庭芝，汝州人。少有文华，好为宫体诗，词旨悲苦，不为时人所重。善弹琵琶。尝为《白头翁咏》云：

“今年花落颜色改，明年花开复谁在?”既而自悔曰：“我此诗谶，与石崇‘白首同所归’何异?”乃更作一联云：“年年岁岁花相似，岁岁年年人不同!”既而又叹曰：“此句复仍似向谶矣。然死生有命，岂复由此!”即两存之。诗成未周岁，为奸人所杀。或云宋之问害之。后孙翌撰《正声集》，以希夷诗为集中之最，由是大为人所称。(《全唐诗话》)

王建《霓裳辞》十首其一

弟子部中留一色，听风听水作《霓裳》。散声未足重来授，直到床前见上皇。

罗公远多秘术，尝与玄宗至月宫。初以拄杖向空掷之，化为大桥。自桥行十余里，精光夺目，寒气侵人。至一大城，公远曰：“此月宫也。”仙女数百，皆素练霓衣，舞于广庭。问其曲，曰《霓裳羽衣》。帝晓音律，因默记其音调而还。回顾桥梁，随步而没。明日，召乐工，依其音调，作《霓裳羽衣曲》。一说曰：开元二十九年中秋夜，帝与术士叶法善游月宫，听诸仙奏曲。后数日，东西两川驰骑奏，其夕有天乐自西南来，过东北去。帝曰：“偶游月宫听仙曲，遂以玉笛接之，非天乐也。”曲名《霓裳羽衣》，后传于乐部。(《唐逸史》)

刘禹锡《更衣曲》

博山炯炯吐香雾，红烛引至更衣处。夜如何其夜漫漫，邻鸡未鸣寒雁度。庭前雪压松桂丛，廊下点点悬纱笼。满堂醉客争笑语，嘈囋琵琶青幕中。

武帝立卫子夫为皇后。初，上行幸平阳主家，主置酒作乐。子夫为主讴者，善歌，能造曲，每歌挑上。上意动，起更衣，子夫因侍得幸。头解，上见其美发悦之。主遂纳子夫于宫。(《汉武故事》)

李贺《黄头郎》

黄头郎，捞拢去不归。南浦芙蓉影，愁红独自垂。水弄湘娥珮，竹啼山露月。玉瑟调青门，石云湿黄葛。沙上蘼芜花，秋风已先发。好持扫罗荐，香出鸳鸯热。

邓通，蜀郡南安人也，以濯船为黄头郎。文帝尝梦欲上天，不能，有一黄头郎推上天，顾见其衣尻带后穿。觉而之渐台，以梦中阴目求推者郎，见邓通，其衣后穿，梦中所见也。召问其名姓，姓邓，名通。邓犹登也，文帝甚说，尊幸之，日日异。通亦愿谨，不好外交，虽赐洗沐，不欲出。于是文帝赏赐通巨万以十数，官至上大夫。(《汉书·佞幸传》)

张祜《热戏乐》

热戏争心剧火烧，铜槌暗执不相饶。上皇失喜宁王笑，百尺幢竿果动摇。

玄宗之在藩邸，有散乐一部。戢定妖氛，颇藉其力；及膺大位，且羁縻之。尝于九曲阅太常乐，卿姜晦，嬖人楚公皎之弟也，押乐以进。凡戏，辄分两朋，以判优劣，则人心竞勇，谓之热戏。于是诏宁王主藩邸乐以敌之。一伎戴百尺幢，鼓舞而进；太常所戴，即百余尺，比彼一出，则往复矣；长欲半之，疾仍兼倍。太常群乐方鼓噪，自负其胜。上不说，命内养五六十人，各执一物，皆铁马鞭、骨檛之属也，潜匿袖中，杂于声儿后立。复候鼓噪，当乱捶之。皎、晦及左右初怪内养麏至，窃见袖中有物，于是夺气褫魄，而戴竿者方振摇其竿，南北不已。上顾谓内人者曰："其竿即当自折。"斯须，中断，上抚掌大笑。内伎咸称庆，于是罢遣。(《教坊记》)

张祜《雨霖铃》

雨霖铃夜却归秦，犹是张徽一曲新。长说上皇垂泪教，月明南内更无人。

帝幸蜀，西南行初入斜谷，属霖雨涉旬，于栈道雨中闻铃，音与山相应。上既悼念贵妃，采其声为《雨霖铃》曲，以寄恨焉。时梨园子弟善觱篥者张野狐为第一，此人从至蜀，上因以其曲授野狐。洎至德中，车驾复幸华清宫，从官嫔御多非旧人，上于望京楼中命野狐奏《雨霖玲》曲，未半，上四顾凄凉，不觉流涕。左右感动，与之歔欷。其曲今传于法部。(《明皇杂录》)

温庭筠《张静婉采莲曲》

兰膏坠发红玉春，燕钗拖颈抛盘云。城西杨柳向娇晚，门前沟水波潾潾。麒麟公子朝天客，珮马珰珰度春陌。掌中无力舞衣轻，翦断鲛绡破春碧。抱月飘烟一尺腰，麝脐龙髓怜娇饶。秋罗拂衣碎光动，露重花多香不销。鸂鶒胶胶塘水满，绿萍如粟莲茎短。一夜西风送雨来，粉痕零落愁红浅。船头折藕丝暗牵，藕根莲子相留连。郎心似月月易缺，十五十六清光圆。

（羊）侃性豪侈，善音律，自造《采莲》、《棹歌》两曲，甚有新致。姬妾侍列，穷极奢靡。有弹筝人陆太喜，著鹿角爪长七寸。舞人张净琬，腰围一尺六寸，时人咸推能掌中舞。（《梁书·羊侃传》）

6 唐后乐府诗本事

宋·周紫芝《金铜歌》

武皇开疆三万里，滇池初穿柏梁起。更铸仙人承露盘，万岁千秋奉天子。当时谩说卯金刀，谁知更有当涂高。铜雀台高阿瞒死，八方才人闹如蚁。玉井绮栏心未厌，犹取金仙着前殿。金仙辞汉忆汉主，登车殷勤垂玉筋。独捧金盘出故宫，回头忍看咸阳树。魏宫群臣眼亲见，朝着魏冠暮归晋。可怜长安肉食儿，不如顽铜犹有知。

汉武帝作金铜仙人以承露盘，魏明帝青龙间，诏以车西取。及临载，仙人乃潸然泪下。唐诗人李长吉作歌以哀之，杜牧之为贺作集序，独于是诗有取焉。予因读长吉诗，爱其奇古，然味牧之所谓其于骚人感刺怨怼之意无得而有焉。乃为续赋，以系乐府之末。(周紫芝《金铜歌》序)

武帝初即位，尤敬鬼神之祀。……明年，齐人少翁以方见上。上有所幸李夫人，夫人卒，少翁以方盖夜致夫人及竈鬼之貌云，天子自帷中望见焉。乃拜少翁为文成将军，赏赐甚多，以客礼礼之。文成言："上即欲与神通，宫室被服非象神，神物不至。"乃作画云气车，及各以胜日驾车辟恶鬼。又作甘泉宫，中为台室，画天地泰一诸鬼神，而置祭具以致天神。居岁余，其方益衰，神不至。乃为帛书以饭牛，阳不知，言此牛腹中有奇。杀视得书，书言甚怪。天子识其手，问之，果为书。于是诛文成将军，隐之。其后又作柏梁、铜柱、承露仙人掌之属矣。(《汉书·郊祀志》)

魏明帝青龙中，盛修宫室，西取长安金狄，承露盘折，声闻数十里，金狄泣，于是因留霸城。此金失其性而为异也。(《宋书·五行志》)

金·元好问《宛丘叹》

秦阳陂头人迹绝，荻花茫茫白于雪。当年万家河朔来，画出牛头入租帖。苍髯长官错料事，下考大笑阳城拙。至今三老背肿青，死为逋悬出膏血。君不见刘君宰叶海内称，饥摩寒拊哀孤惸。碑前千人万人泣，父老梦见如平生。冰霜纨绔渠有策，如我碌碌当何成？荒田满眼人得耕，诏书已复三年征。早晚林间见鸡犬，一犁春雨麦青青。

鬻李令南阳，配流民以牛头租，迫而逃走余万家。刘云卿御史宰叶，除逃户税三万斛，百姓为之立碑颂德贤。不肖用心相远如此。李之后十年，予为此县，大为逋悬所困。辛卯七月，农司檄予按秦阳陂田，感而赋诗。李与刘皆家宛丘，故以《宛丘叹》命篇。（元好问《宛丘叹》序）

元·方回《木绵怨》

湖山一笑乾坤破，欺孤弱寡成迁播。不念六宫将北行，太师双拥婵娟卧。甬东香艳到漳南，争看并蒂芙蓉过。天兵及颈幸全尸，想见骈肩泪珠堕。木绵花下痛犹新，已向谁家踏舞茵。长头未及死肉冷，折齿遽专妆面春。赤城战场夜避火，万里又随燕塞尘。肉食酪浆更苟活，不惭金谷坠楼人。万户郎君遄卒死，却自金台还故里。嗟尔薄命两佳人，三为人妾亦可已。巧画蛾眉拙针线，空自纤纤长十指。后堂执乐换小名，更事少年贵公子。忆昔军中人相时，潜搜密逻渔妖姬。民间妻女凛不保，何啻如花三五枝。曲江近前少陵恐，今日总孕他人儿。贱获淫婢何所知，但为权臣深惜之。

故亡国权臣，乙亥南窜，犹携所谓王生、沈生者自随，他不止是。此二生者天下绝色也。漳州城南木绵庵既殂，二生入乌衣枢使家。丙子谢北行，其年十月天台破，清河万户得之，挟以俱北。庚辰正月张卒，久乃南还，谓惯事贵人巧技艺，拙

女功，仍愿鬻为人妾。或竞窥垂涎，唯健者是归。故写之古乐府以为世戒焉。（方回《木绵怨》序）

明·陈子龙《范阳井》

皇帝九载秋，□大入畿辅，掠名城，以十数。室闾纷哉流离，人民腊脯。一解。

骑倏忽至范阳。范阳城中大难，有范君，举孝廉，家世衣冠，敦行秉礼，门内欢喜。二解。

登城，火炖炖，城中大扰乱。男子苍黄出奔，顾谓若妇：卿自为计！答云不负君，无烦言。三解。

庭中有石井，井水清澈肤。顾呼新妇：我为若前驱。三女泣徘徊，大者十七，幼者十一，同去弗复踌躇。上牵紫绣带，下结红罗襦。相将入石井，井水清澈肤。四解。

咄嗟哉！美人子。世乱人如蓬蒿，寡廉鲜耻！亦有大将建高牙，望风而口口，长吏专城不能死，曷不愧范阳城十岁女子！五解。

皇帝大明圣，奖孝旌义，以风于有位。范君今来射策在上第，欲陈家门心中悲。贤哉！贤哉！敢告史氏。六解。

丙子秋，破定兴，孝廉范士楫之配马氏，及其子之妇并三女堕井死焉。其明年，范君与予同举进士，予闻而壮之，为新乐府曰《范阳井》。（陈子龙《范阳井》序）

范士楫，字箕生，别号橘山。万历戊午举人，崇祯丁丑进士，任阳曲令，谳狱多平反，著有《求其生录》。庚辰丁外艰，复洪洞履任，贼氛已逼，弃官旋里，入鼓台山以避乱。……崇祯丙子，邑城不守，孝廉范士楫之妻马氏，与冢妇王氏及三女同入于井，媵婢从而死者九人。容城孙奇逢、漳浦黄道周，皆有诗文纪之，时名井为五芳井。(《定兴县志》)

清·万斯同《沉瓜步》

韩家弟子年虽少，曾据中原称帝号。明祖起兵十年间，江南实颁龙凤诏。安丰既败滁阳迁，岁时朝贺尚俨然。自从丙午沉瓜步，明年遂改吴元年。廖永忠，尔何逆，岂不知我皇之兴赖其力，胡乃弑主甘为贼。人言此事实逢君，异日将希格外恩。宁知终受诛夷祸，太祖何尝念若勋。

元顺帝至正辛卯，栾城人韩山童聚众起兵，为元将所杀，其子林儿逃之。武安山童党刘福通、杜遵道等据汝宁光息诸郡，迎林儿为帝，国号宋，建元龙凤。明太祖起兵初，依郭子兴。子兴死，遂归宋，受其官爵，奉其年号。至癸卯龙凤九年，张士诚将陷安丰，太祖迎宋主归滁阳。丙午十二月廖永忠沉之于瓜步。(万斯同《沉瓜步》序)

韩林儿，栾城人，或言李氏子也。其先世以白莲会烧香惑众，谪徙永年。元末，林儿父山童鼓妖言，谓“天下当大乱，弥勒佛下生”。河南、江、淮间愚民多信之。颍州人刘福通与其党杜遵道、罗文素、盛文郁等复言“山童，宋徽宗八世孙，当主中国”。乃杀白马黑牛，誓告天地，谋起兵，以红巾为号。至正十一年五月，事觉，福通等遽入颍州反，而山童为吏所捕诛。林儿与母杨氏逃武安山中。福通据朱皋，破罗山、上蔡、真阳、确山，犯叶、舞阳，陷汝宁、光、息，众至十余万，元兵不能御。时徐寿辉等起蕲、黄，布王三、孟海马等起湘、汉，芝麻李起丰、沛，而郭子兴亦据濠应之。时皆谓之"红军"，亦称"香军"。十五年二月，福通物色林儿，得诸砀山夹河；迎至亳，僭称皇帝，又号小明王，建国曰宋，建元龙凤。……二十二年六月，丰、士诚乘闲刺杀察罕，入益都。元以兵柄付扩廓，围城数重，猱头等告急。福通自安丰引兵赴援，遇元师于火星埠，大败走还。元兵急攻益都，穴地道以入，杀丰、士城，而械送猱头于京师，林儿势大窘。明年，张士诚将吕珍围安丰，林儿告急于太祖。太祖曰："安丰破则士诚益强。"遂亲帅师往救，而珍已入城杀福通。太祖击走珍，以林儿归，居之滁州。明年，太祖为吴王。又二年，林儿卒。或曰太祖命廖永忠迎林儿归应天，至瓜步，覆舟沉于江云。(《明史·韩林儿传》)

清·万斯同《欧罗巴》

欧罗巴，何自来？遥遥泛海十万里，驱光逐景无津涯。弹丸穷岛居西极，古来原不通中国。博望乘楂初未经，章亥步地何曾识？欻然慕义来中华，历学精微诚可嘉。惊人奇巧技尤绝，鲁输马均何足夸。天王设教何怪妄，着书直欲欺愚昧。流入中华未百年，骎骎势几遍海内。君不见释教初兴微若荄，驯至滔天不可排。萌芽今日已渐长，他日安知非祸胎。兴王为治当防渐，中土那容此辈玷。诗书文物我自优，何烦邪说补其欠。会须驱斥使崩奔，一清诸夏庙邪氛。火其书兮毁其室，永绝千秋祸乱根。

欧罗巴者，大西洋中之国也。去中华十万里。万历时，其国人利玛窦辈始泛海而来，善天文历数，诸技艺皆巧绝，所说天主教怪妄特甚。其徒相继而至，几延蔓于中国，中国亦多惑其教者。（万斯同《欧罗巴》序）

意大里亚，居大西洋中，自古不通中国。万历时，其国人利玛窦至京师，为《万国全图》，言天下有五大洲。第一曰亚细亚洲，中凡百余国，而中国居其一。第二曰欧罗巴洲，中凡七十余国，而意大里亚居其一。第三曰利未亚洲，亦百余国。第四曰亚墨利加洲，地更大，以境土相连，分为南北二洲。最后得墨瓦腊泥加洲为第五。而域中大地尽矣。其说荒渺莫考，然其国人充斥中土，则其地固有之，不可诬也。大都欧罗巴诸国，悉奉天主耶稣教，而耶稣生于如德亚，其国在亚细亚洲之中，西行教于欧罗巴。其始生在汉哀帝元寿二年庚申，阅一千五百八十一年至万历九年，利玛窦始泛海九万里，抵广州之香山澳，其教遂沾染中土。至二十九年入京师，中官马堂以其方物进献，自称大西洋人。（《明史·外国传》）

清·万斯同《下西洋》

西洋万里人踪绝，洪涛淼淼谁能越。扬舲不惮鼋鼍居，凌波直簸蛟龙窟。蛮邦海外纷如埃，语言屡译犹致猜。忽惊汉室浮槎至，疑是天兵乘雾来。我皇声教已遐普，天威更欲扬远土。殊方从此识中华，异宝因之输内府。昔闻汉帝开西域，亦越唐皇启北庭。黩武久蒙青史诮，洪涛何事更长征。人言让帝遁西极，此举意在穷其迹。被褐于辞黄屋尊，泛舟宁作沧波客。何妨尺地使容身，应念高皇共本根。徒使狂涛填猛士，几曾穷岛遇王孙。宿制海外馀十载，让帝行踪竟安在。遗事人传三宝名，穷兵实发千秋慨。

永乐初，命太监郑和等率舟师二万七千人，由长江出海，直抵西洋。或言建文君出亡西域，故使和踪迹之，俗谓之三宝太监下西洋。（万斯同《下西洋》序）

郑和，云南人，世所谓三保太监者也。初事燕王于藩邸，从起兵有功。累擢太监。成祖疑惠帝亡海外，欲踪迹之，且欲耀兵异域，示中国富强。永乐三年六月，命和及其侪王景弘等通使西洋。将士卒二万七千八百余人，多赍金币。造大舶，修四十四丈、广十八丈者六十二。自苏州刘家河泛海至福建，复自福建五虎门扬帆，首达占城，以次遍历诸番国，宣天子诏，因给赐其君长，不服则以武慑之。五年九月，和等还，诸国使者随和朝见。……六年九月再往锡兰山。国王亚烈苦柰儿诱和至国中，索金币，发兵劫和舟。和觇贼大众既出，国内虚，率所统二千余人，出不意攻破其城，生擒亚烈苦柰儿及其妻子官属。劫和舟者闻之，还自救，官军复大破之。九年六月献俘于

朝。帝赦不诛，释归国。是时，交阯已破灭，郡县其地，诸邦益震詟，来者日多。（《明史·郑和传》）

清·胡介祉《两贼渠》

两贼渠，张与李。同年生，同时死。米脂肤施近乡里，秦中灾异良有以，迎祥一魁为祸始。符谶俄传十八子。张长李短心窃喜，两雄并立无是理。乃为真王驱除耳。皇来儿，曾械市。八大王，濒九死。当年国法不容私，篝火狐鸣宁至此。呜呼丧败总由天，裁驿调兵若或使。思陵帝德终难悔。

自成米脂人，父难于嗣，祷华山神。梦一衮冕若皇帝者来曰："以破军星为汝子。"而生自成，因呼皇来儿。父死不事事。年二十余执役银川驿。既奉裁减，益无赖，数犯法。尝械游于市，妻韩氏与县役通。自成杀之。亡命为兵。值奉调兵哗，遂杀主将反。自成于迎祥为甥舅，旋往从之。后迎祥为祖宽所擒。自成收其余众，复称闯王。张献忠施人，与自成同年生。初为府吏，后为镇兵，以淫掠见收。镇将奇其状貌，力请主帅得释去，从神一魁为贼。崇祯四年辛未贼众合为三十六营，字成献忠咸在。献忠面黄，初号黄虎，至是自称八大王，而明之天下竟尽于两贼渠矣。先是崇祯元年戊辰三月二十日昧爽，全秦天赤如血。五六七月西安有孽火入人家，四月至七月不雨，八月恒雨，霜杀稼，冬天大雨雪，本兵大饥，乱由此起。二逆皆秦产，天变盖不虚云。时谣言十八子有天下，又张

家长李家短，二逆并窃自负，不如神器自有归也。（胡介祉《两贼渠》序）

李自成，米脂人，世居怀远堡李继迁寨。父守忠，无子，祷于华山，梦神告曰："以破军星为若子。"已，生自成。幼牧羊于邑大姓艾氏，及长，充银川驿卒。善骑射，斗很无赖，数犯法。知县晏子宾捕之，将置诸死，脱去为屠。天启末，魏忠贤党乔应甲为陕西巡抚，朱童蒙为延绥巡抚，贪黩不诘盗，盗由是始。崇祯元年，陕西大饥，延绥缺饷，固原兵劫州库。白水贼王二，府谷贼王嘉胤，宜川贼王左挂、飞山虎、大红狼等，一时并起。有安塞马贼高迎祥者，自成舅也，与饥民王大梁聚众应之。迎祥自称闯王，大梁自称大梁王。……秋七月，擒迎祥于周至，献俘阙下，磔死。于是贼党乃共推自成为闯王矣。……张献忠者，延安卫柳树涧人也，与李自成同岁生。长隶延绥镇为军，犯法当斩，主将陈洪范奇其状貌，为请于总兵官王威释之，乃逃去。崇祯三年，陕西贼大起，王嘉胤据府谷，陷河曲。献忠以米脂十八寨应之，自称八大王。明年，嘉胤死，其党王自用复聚众三十六营，献忠及高迎祥、罗汝才、马守应等皆为之渠。其冬，洪承畴为总督，献忠及汝才皆就抚。已而叛入山西，偕群贼焚掠。寻扰河北，又偕渡河。自是，陕西、河南、湖广、四川，江北数千里地，皆被蹂躏。当此之时，贼渠率众无专主，遇官军，人自为斗，胜则争进，败则窜山谷不相顾。官军遇贼追杀，亦不知所逐何贼也。贼或分或合，东西奔突，势日强盛。（《明史·李自成张献忠传》）

清·尤侗《铁尚书》

平原昔有颜太守，济南今有铁尚书。老罴当道谁敢过，北平殿下且回车。王入城，下铁板，惜哉不中浪沙免。王击炮，竖神碑，高皇帝在何来哉？国可灭，身可屈，肉可割，骂不绝。壮哉尚书真似铁！

铁铉守济南，燕王堤水灌城，铉令军民诈降，伏勇士开门候王入，下板几中。王大怒，以炮击城，铉书高皇帝神牌，悬城上，师不敢击。既被执，背立大骂，割其耳鼻，不肯回顾，寸磔之，投尸油锅，导令朝上，展转向外，终不可得。帝大怒，令内侍用铁棒夹持之，使北面，俄油锅沸丈余，诸内持手糜烂弃棒走，尸反背如故。（尤侗《铁尚书》序）

铁铉，邓人。洪武中，由国子生授礼科给事中，调都督府断事。尝谳疑狱，立白。太祖喜，字之曰“鼎石”。建文初，为山东参政。李景隆之北伐也，铉督饷无乏。景隆兵败白沟河，单骑走德州，城戍皆望风溃。铉与参军高巍感奋涕泣，自临邑趋济南，偕盛庸、宋参军等誓以死守。燕兵攻德州，景隆走依铉。德州陷，燕兵收其储蓄百余万，势益张，遂攻济南，景隆复大败，南奔。铉与庸等乘城守御。燕兵堤水灌城，筑长围，昼夜攻击。铉以计焚其攻具，间出兵奋击。又遣千人出城诈降。燕王大喜，军中皆欢呼。铉伏壮士城上，候王入，下铁板击之。别设伏断桥。既而失约，王未入城，板骤下。王惊走，伏发，桥仓卒不可断，王鞭马驰去。愤甚，百计进攻。凡三阅月，卒固守不能下。当是时，平安统兵二十万，将复德州，以绝燕饷道。燕王惧，解围北归。……比燕兵渐逼，帝命辽东总兵官杨文将所部十万与铉合，绝燕后。文师至直沽，为燕将宋贵等所败，无一至济南者。四年四月，燕军南缀王师于小河，铉与诸将时有斩获。连战至灵璧，平安等师溃被擒。既而庸亦败绩。燕兵渡江，铉屯淮上，兵亦溃。燕王即皇帝位，执之至。反背坐廷中嫚骂。令其一回顾，终不可，遂磔于市。年三十七。（《明史·铁铉传》）

后　记

本书是社会科学文献出版社策划的“中国史话·文化系列”中的一部，其定位是集学术性、知识性、趣味性于一体。顾名思义，史话就是以说话的形式讲述历史。基于对史话这样的理解和乐府诗史独特性的考虑，本书设置了“乐府诗小史”“乐府诗名篇”“乐府诗本事”三个相对独立又有机联系的部分来展示乐府诗史。

“乐府诗小史”是对由汉至清乐府诗演变过程的概述。根据乐府诗在中国诗歌史上的地位，分两汉、魏晋、南朝、北朝、唐代、唐后六个前详后略的时段。每个时段均讲述乐府的活动情况、乐府诗的留存情况及其历史意义，旨在为读者勾勒出乐府诗史的总体发展脉络。

众所周知，所有文学史都是要靠一系列标志性作品来具体呈现的，乐府诗史也不例外。在乐府诗史上，不仅有大量标志性作品，而且这些作品背后大都有一个或精彩、或哀婉、或感人的故事。“乐府诗名篇”就是讲述这些名篇背后的乐府故事。这样的设计，既是为了弥补因篇幅所限导致小史描述过于概括的缺憾，也期望通过一系列作品使乐府诗史“活”起来，使读者通过这些名篇和其背后的故事了解到一个丰富生动的乐府诗史。

然而，乐府诗中的精彩故事太多了，既不能一一讲述又难以割舍，于是就有了“乐府诗本事”作为附录，以补正文之缺。“乐府诗本事”选取更多本事，不做讲述，只录原文。本事是乐府诗五个要素（题名、本事、曲调、体式、风格）之一，它或记题名由来，或记该曲曲调，或记该曲传播，或记该曲演变，从中可以看到该曲人物、题材、主题、曲调、体式、风格等许多信息，是研究乐府诗的重要入口。郭茂倩《乐府诗集》在记录乐府诗本事时，或为行文省净删改所引文献，造成了原有信息的减损和讹误；或引用二手文献，不辨原始出处。前者翻阅《乐府诗集》即可一目了然，无需举例赘述；后者如《画一歌》本事最早出自《史记·曹相国世家》，而郭氏题解却截取自《汉书·曹参萧何传》，等等。有鉴于此，本书在选取这些乐府诗本事时，都力图找到原始文献，补足被省略而又可能引发歧义的原文，还有意识选辑了部分《乐府诗集》中所没有的五代以后乐府诗的本事。这一方面可供那些阅读“乐府诗名篇”之后想更多了解乐府故事的读者延伸阅读；另一方面，也可为治乐府的学者提供必要的参考资料。

本书是利用暑期写出来的，正式写作时间并不长，从动笔到脱稿仅花了约三个月时间，但之后的修改打磨却用了与写作相当的时间。学术研究应有深挚的热爱和苦修的毅力，它不仅仅以研究结果为目的，同时应以研究本身为乐趣。在这本小书的诞生过程中，我一直都体验着这样的乐趣。吴相洲教授在本书写作过程中给予了精心指导，黄丹老师为本书的编辑出版付出了大量辛苦劳动，在此一并表示感谢！

郭 丽

2014 年 11 月 22 日于北京寓所

史话编辑部

图书在版编目（CIP）数据

乐府诗史话/郭丽著. —北京：社会科学文献出版社，2014.12
（中国史话）
ISBN 978-7-5097-6836-5

Ⅰ.①乐… Ⅱ.①郭… Ⅲ.①乐府诗-诗歌史-中国-古代 Ⅳ.①I207.209

中国版本图书馆CIP数据核字（2014）第279917号

"十二五"国家重点图书出版规划项目

中国史话·文化系列
乐府诗史话

著　　者／郭　丽

出 版 人／谢寿光
项目统筹／黄　丹　　责任编辑／黄　丹

出　　版／社会科学文献出版社·史话编辑部（010）59367215
地址：北京市北三环中路甲29号院华龙大厦　邮编：100029
网址：www.ssap.com.cn
发　　行／定制出版中心（010）59366509　59366498
市场营销中心（010）59367081　59367090
读者服务中心（010）59367028

印　　装／三河市尚艺印装有限公司
规　　格／开　本：889mm×1194mm　1/32
印　张：6.75　字　数：120千字
版　　次／2014年12月第1版　2014年12月第1次印刷
书　　号／ISBN 978-7-5097-6836-5
定　　价／25.00元